W0206233

Die falsche Verlobte des Drachen

Ein paranormaler Roman

Wasserdrachen der Westküste Buch 4

Kayla Wolf

The Wolf Sisters Books

INHALT

Kapitel 1 – Alice

Es war ein langer, sich schleppend dahinziehender Tag. Alice starrte aus dem kleinen Fenster ihres Büros, von wo aus sie nur gerade so die schaumbedeckte Brandung sehen konnte – ein winzig kleiner Ausschnitt des Ozeans, der hinter der Sanddüne sichtbar war –, die gegen den Strand schlug. Sie war immer dankbar dafür, dass sie diesen kleinen Blick auf das Meer erheischen konnte. Irgendetwas am Ozean hatte sie immer beruhigt, dafür gesorgt, dass sie sich auf ihre Arbeit konzentrieren konnte. Denn schon seit sie denken konnte, hatte sie am Meer gelebt … Seit sie und ihr Zwillingsbruder Kinder waren, war der Ozean ihr steter Begleiter gewesen. Das gleichmäßige Rauschen leistete ihnen beiden Gesellschaft, als sie in San Diego aufwuchsen. Beziehungsweise in der Umgebung dieser Stadt. Ihr Elternhaus entsprach nicht unbedingt den konventionellen Vorstellungen. Und ihre Kindheit war schon deutlich länger her, als man vielleicht annehmen würde. Denn obwohl Alice aussah, als sei sie erst fünfundzwanzig, selbst in ihrem würdevoll aussehenden weißen Kittel und einem Stethoskop um den Hals, war sie in Wirklichkeit deutlich älter als das. Und natürlich auch ihr Bruder.

Denn Alice und ihr Bruder James waren, im strengsten Sinne, keine Menschen. Auch wenn sie wie ganz normale Leute aussahen. Sie waren Drachen und hatten die übernatürlich lange Lebensspanne und tief ozeanblauen Augen, die typisch für ihre Familie waren. Ansonsten gab es an ihrer menschlichen Gestalt jedoch nichts, das sie verraten hätte. Vielleicht eine gewisse körperliche Widerstandsfähigkeit, eine in der Regel großgewachsene Statur, Kraft und Fitness, und eine leicht höhere

Körpertemperatur als die eines durchschnittlichen Menschen. Aber Alice' menschliche Gestalt war nicht diejenige, in der sie geboren worden war.

Allerdings war es die Gestalt, in der sie die meiste Zeit verbrachte. Besonders in jüngster Zeit. Als sich der lose Familienverbund an Wasserdrachen vor ein paar Jahrzehnten auf dieser abgelegenen Halbinsel im nördlichen Kalifornien niedergelassen hatte, waren sie unter sich gewesen. Im Umkreis von etwa hundertfünfzig Kilometern hatte es kein menschliches Wesen gegeben. Nichts hatte sie davon abgehalten, sich am Strand in ihren wahren Gestalten zu sonnen, wann immer es ihnen danach war, oder in den Ozean zu tauchen oder ausgedehnte Flüge über den üppigen grünen Wald zu machen, der den Großteil der Halbinsel bedeckte (bis auf die Spitze, an der sie ihre Siedlung errichtet hatten). Aber all das hatte sich vor ein paar Jahren gewandelt, als sie sich entschieden hatten, ihre Siedlung menschlichen Touristen als eine mögliche Einkommensquelle zugänglich zu machen. Schließlich war an ein Leben ohne Geld in der modernen Welt kaum noch zu denken. Vorbei waren die Tage, in denen sie ihre Nahrung gejagt hatten. Sie hatten sich an die menschliche Gesellschaft anpassen müssen wie so viele andere Gestaltwandler.

Aber das hatte seinen Preis. Etwa an einem schönen Frühlingstag wie heute den ganzen Tag im Büro zu verbringen. Sie hatte Lachlan – dem inoffiziellen Anführer der Gemeinschaft – gesagt, dass sie auf Dauer weiteres medizinisches Personal benötigten. Als nur die Drachen auf der Insel gewesen waren, hatte sie den Großteil der auftretenden Verletzungen mit Leichtigkeit bewältigen können. Dazu hatte außerdem die Tatsache beigetragen, dass Drachen nicht krank wurden. Aber jetzt, da oft menschliche Besucher die Touristenbehausungen auf der Halbinsel bewohnten, musste sie für Notfälle die ganze Zeit über verfügbar sein. Langsam setzte ihr das sehr zu. Schließlich war es schon lange her, seit sie an der medizinischen Fakultät gewesen war. Klammheimlich hatte sie das Datum auf ihrem Diplom mit etwas Tipp-Ex abdecken müssen, für den Fall, dass ein besonders aufmerksamer Mensch sich fragte, wie eine Frau, die aussah als, sei sie um die fünfundzwanzig, vor etwa vier Jahrzehnten ihren Abschluss an der medizinischen Fakultät hatte machen können.

Sie wusste sich natürlich während der langen, schläfrig machenden Tage auf der Krankenstation, in denen es nichts zu tun gab, zu beschäftigen. Sie hatte immer viel zu lesen. Alice hielt sich mit ein paar medizinischen Fachzeitschriften aus der ganzen Welt auf dem Laufenden. Für jemanden wie sie, die bereits seit so langer Zeit praktizierte, war es wichtig, mit den neuesten Entwicklungen Schritt zu halten. Und sie hatte auch ein paar eigene Projekte. Medizin wirkte auf eine andere Weise, was Gestaltwandler betraf, und sie hatte im ganzen Land Kontakte, die spezifische – und naturgemäß heimliche – Experimente dazu durchführten, wie Gestaltwandler heilten. Soweit sie wusste, war sie der einzige Drache darunter, aber sie kannte ein halbes Dutzend Wölfe und sogar ein paar Bären, die im ganzen Land verteilt waren und versuchten zu verstehen, worin sich Gestaltwandler bezüglich ihrer Widerstandsfähigkeit von Menschen unterschieden.

Gerade las sie einen solchen Artikel – oder zumindest versuchte sie es. Es war ein langer Tag gewesen und nur wenig hatte die Monotonie des Lesens medizinischer Fachzeitschriften unterbrochen. So interessant sie das Thema auch fand, sieben Stunden in einen Bildschirm zu starren, konnte man nicht wirklich Spaß nennen. Es drängte sie, mit ihrem Laptop zum Strand zu gehen, nur für eine halbe Stunde. Aber bei ihrem Glück würde just in der Minute jemand von einer Wespe gestochen werden oder dergleichen und sich beschweren, dass die örtliche Ärztin sich unerlaubt entfernt hatte. An diesem Vormittag wäre es beinahe so weit gekommen. Kurz war sie weggegangen, um sich etwas zu essen zu holen, und das Ganze hätte beinahe in einem Desaster geendet. Gerade noch rechtzeitig war sie zu ihrem Büro zurückgekehrt, als ein Kind mit aufgeschürftem Knie und einer ganz aufgelösten Mutter erschienen waren.

Nur noch dreißig Minuten. Dreißig Minuten, dann wäre es sechs Uhr, und sie hätte wieder Zeit für sich. Die verbleibende Zeit zog sich quälend langsam dahin. Außerdem wäre sie nicht wirklich frei, zumindest nicht im eigentlichen Sinne. Die Krankenstation hatte ein Funkruf-System. Einen Knopf, den Gäste drücken konnten, und der ein Signal an Alice' Handy schickte. Dieses musste sie stets bei sich tragen, hatte man streng angeordnet. So konnte man sie immer rufen, selbst wenn mitten in der Nacht etwas passierte. Es war eine „Übergangslösung", aber vierundzwanzig Stunden am Tag Bereitschaft zu haben war nicht gerade Alice' Vorstellung einer ausgewogenen Work-Life-Balance.

Aber Lachlan hatte ihr versprochen, dass sie, sobald die Hütten vollständig fertig waren und genug Touristen kamen, das nötige zusätzliche Geld hätten, um jemanden einzustellen, der Alice auf Dauer unterstützen konnte. Der Gedanke an einen Kollegen war etwas befremdlich, nachdem sie so lange allein gearbeitet hatte. Sie fragte sich, ob Lachlan einen menschlichen Arzt einstellen würde. In dem Fall müsste sie deutlich diskreter sein, was ihr ungewöhnliches Forschungsprojekt anbelangte.

Im Grunde genommen musste er noch nicht einmal einen Arzt einstellen. Eine Krankenschwester oder ein Krankenpfleger wäre in der Lage, den allergrößten Teil der anfallenden Fälle auf der Halbinsel zu behandeln. Was man sich eben als Tourist so zuzieht – einen Sonnenbrand, Dehydrierung, aufgeschürfte Knie vom Wandern, solche Dinge. Vielleicht ein paar Pillen gegen Erkältung oder Grippe ausgeben, oder Medikamente für diejenigen, die während der Anreise auf die Halbinsel reisekrank geworden sind. Die Kompetenzen eines ausgebildeten Arztes wären hier etwas vergeudet. Alice hatte damit kein Problem, denn das hier war ihr Leben, ihr Zuhause, ihre Familie. Aber einen menschlichen Arzt zu bitten, hierherzukommen, weit weg von Freunden und Familie, um dann hier unterfordert zu sein?

Nun gut, momentan war das kein Thema. Zumindest nicht, bis sie das Geld hatten, um jemanden zu bezahlen. Bis dahin würde alles an ihr hängenbleiben. Vor ihrem Laptop sitzen, aus dem Fenster starren, die Minuten zählen, bis sie aufstehen und sich für ein wohlverdientes Bad am späten Nachmittag in den Ozean stürzen konnte. Der Frühlingsanfang war perfekt zum Schwimmen.

Aber diese Pläne wurden zunichtegemacht, als sie das Knarren der Tür zur Krankenstation hörte. In dem kleinen Gebäude gab es ein paar Zimmer und ihr winziges Büro lag ganz hinten. Zwischen dem Büro und dem Wartezimmer gab es ein paar Untersuchungszimmer, außerdem ein Zimmer mit einem Bett darin, für den seltenen Fall, dass jemand über Nacht bleiben musste. Aber das war noch nie von Gästen in Anspruch genommen worden.

Und es waren keine Gäste, die in ihrem Wartezimmer saßen, stellte sie fest, als sie hineinging, um zu sehen, wer gekommen war. Es waren drei riesige Männer, die auf diese verlegene Weise miteinander redeten und lachten, die Leute an sich hatten, wenn sie etwas richtig Dummes angestellt hatten. Sie stemmte die Hände in die Hüften, während sie im Türrahmen stand, und schürzte missbilligend die Lippen.

„Emerson, Harvey, Daniel. Was habt ihr nun schon wieder angestellt?“

Es war Emerson, der als Erster antwortete. Großgewachsen und schlank, mit einer sehr lässigen Haltung, erinnerte er sie stets an einen grazilen, alten Weidenbaum. Er wandte sich ihr nun mit einem flehenden Ausdruck in seinen blauen Augen zu. Und sie riss erschrocken die Augen auf, als sie sah, dass die gesamte linke Hälfte seines Gesichts von leuchtend rotem Blut durchzogen war.

„Zu unserer Verteidigung“, sagte er und seine Augen funkelten, „muss ich sagen, dass wir wirklich dachten, es wäre eine gute Idee …“

„Ich habe versucht, sie zu warnen“, setzte nun Harvey gereizt ein. „Ich habe ihnen gesagt, dass wir bis morgen warten sollten, bis wir ordentliches Werkzeug beschafft haben, aber sie mussten das verdammte Ding allein hochhieven.“ Sein Arm hing seitlich an ihm herab und auf seinem Gesicht lag ein leicht gekränkter Ausdruck. Selbst Harvey, dessen Grundhaltung stets Anspannung war, sah gestresst aus. Sie sah an dem Winkel seiner Schulter, dass etwas ganz und gar nicht stimmte. Mindestens eine Verrenkung.

„Wir haben versucht, die Solarpanel auf das Dach des neuen Erholungscenters zu bekommen“, erläuterte der dritte Mann in der Runde. Daniel, der beste Freund ihres Bruders James. Man konnte ihn auf hundert Meter Entfernung anhand seiner feuerroten Haare erkennen. Eine ziemliche Seltenheit unter Drachen – und er war sehr eitel darum besorgt. „Aber als wir das letzte hochgehievt haben … ist es weggerutscht.“

„Und ist mir auf den Kopf gefallen, hat Harveys Arm ausgekugelt und ist dann auf den Boden gekracht“, sagte Emerson vergnügt, während ihm das Blut nun in Strömen das Gesicht hinunterfloss. „Die Dinger sind ganz schön schwer, nicht wahr? Gut, dass Drachen keine Gehirnerschütterung bekommen können.“

„Das stimmt nicht“, erwiderte Alice und blickte sie finster an. „Ich habe euch hundertmal gesagt, dass ihr auf der Baustelle vorsichtiger sein müsst. Besonders mit all den Menschen. Was werden sie denken, wenn sie sehen, dass eine derartige Verletzung über Nacht heilt?“

„Sie werden denken, dass die Ärztin Zauberkräfte hat“, entgegnete Daniel fröhlich und zwinkerte ihr zu, was dazu führte, dass sie nicht wirklich böse auf ihn sein konnte. Sie presste die Lippen aufeinander. Alice hasste es, die Spielverderberin zu sein, die Ernste, die gefasste Frau, im Gegensatz zu den überdrehten Jungs auf der Halbinsel. Aber das war die Rolle, die in den meisten Fällen an ihr hängenblieb. War das eine Frage des Geschlechts, fragte sie sich. Oder lag es daran, dass sie immer noch irgendwie eine Außenseiterin war? Die Freunde ihres Bruders waren jahrzehntelang eine unzertrennliche Gruppe gewesen. Sie hatten zusammen ein wildes Leben geführt, immer unterwegs und auf Achse, bevor sie sich hier draußen niedergelassen hatten. Sie hätte mit ihrem Bruder mitgehen können, dachte sie, aber stattdessen hatte sie sich für ein Medizinstudium in San Bernardino entschieden. Sie liebte ihre Arbeit, aber manchmal bereute sie, dass sie all diese Jahre nicht mit ihrem Bruder verbracht hatte und ihr dadurch vieles entgangen war.

Apropos … „Wo ist James? Ich bin überrascht, dass er nicht auch Teil dieses Blödsinns ist.“

„Er ist rechtzeitig zur Seite getreten“, erwiderte Daniel und ein Grinsen umspielte seinen Mund. „Er ist ziemlich schnell.“

„Alles klar. Na gut. Ihr drei hofft besser nicht auf einen Lutscher“, sagte sie und sah sie aus zusammengekniffenen Augen an, während sie überlegte, wie sie sich am besten um sie kümmern sollte. „Emerson, ich werde dich als Erstes nähen. Dann werde ich dir deine Schulter wieder einrenken, Harvey. Daniel – was genau ist mit dir los? Oder bist du nur für die seelische Unterstützung hier?“

Emerson unterdrückte ein Prusten. „Oh nein. Ihn hat es auch erwischt.“

„Ich, äh.“ War der ansonsten ach so selbstsichere Daniel etwa verlegen? „Also, ich wollte aus dem Weg springen, als das Solarpanel runtergefallen ist. Aber ich hatte nicht bedacht, dass ich an der Kante der Veranda vom Erholungszentrum stand. Also bin ich irgendwie …“

„Direkt mit dem Hintern auf einen Haufen Dornen gefallen“, unterbrach ihn Harvey und unterdrückte offenbar ein Lachen.

Alice starrte ihn an. „Im Ernst?“

„Ja. Ich habe versucht … du weißt schon, es selbst wieder in Ordnung zu bringen, aber ich bin nicht beweglich genug.“ Zumindest hatte er genug Anstand, um etwas verlegen auszusehen. „Es tut mir leid, Alice.“

„Du kommst als Letzter dran“, sagte sie gereizt zu ihm. „Po-Verletzungen haben die geringste Priorität. Triage-Regeln.“

Sie zerrte Emerson am Handgelenk in eines der Untersuchungszimmer und auf einen Stuhl, damit sie seinen Oberkopf betrachten konnte. Drachen waren in der Regel größer als der Durchschnittsmensch, aber Emerson überragte selbst andere Drachen. Und sie hatte nicht die Absicht, eine Trittleiter zu besteigen, um seinen Kopf zu verbinden. Sie strich seine blonden Haare zurück und verdrehte angesichts seines theatralischen Zusammenzuckens die Augen.

„Wenn du eine Kopfverletzung hättest vermeiden wollen, hättest du vorsichtiger arbeiten sollen“, sagte sie streng. „Und jetzt halt still, während ich sie desinfiziere.“

Es war eigenartig, sich um Drachen-Patienten zu kümmern. An der medizinischen Fakultät und in den wenigen Krankenhäusern, in denen sie landesweit gearbeitet hatte, hatte sie es immer mit menschlichen Patienten zu tun gehabt. Gestaltwandler blieben in der Regel allein, wenn sie verletzt waren. Und das aus gutem Grund. Aus irgendwelchen Gründen heilten sie deutlich schneller, unabhängig von der Spezies, wie ihr ihre Wolfs- und Bärkollegen erzählt hatten. Eine Wunde, für die ein Mensch Wochen zur Heilung bräuchte, wäre bei einem Drachen nach nur ein oder zwei Tagen verheilt. Und eine Verletzung, die bei einem Menschen lebensbedrohlich wäre, war für einen Gestaltwandler deutlich weniger gravierend. Emersons Kopfverletzung also, die bei einem Menschen auf jeden Fall mit einem halben Dutzend Stiche hätte genäht werden müssen, war etwa so leicht zu behandeln wie eine Schürfwunde oder ein Schnitt. Sie reinigte die Wunde, damit sie besser heilte, trug etwas Salbe gegen den brennenden Schmerz auf, dann verband sie sie. Emerson sah mit dem Pflaster, das den Verband fixierte, etwas jämmerlich aus, aber sie wusste, dass er den Verband am nächsten Tag würde abnehmen können. Dann sähe man nur noch eine verblassende Narbe.

„Lass dir keine Solarpanel mehr auf den Kopf fallen“, warnte sie ihn, als sie ihn aus dem Zimmer warf. Sie sah ihn streng an, als sie bemerkte, dass sein Blick zu dem Glas mit Süßigkeiten wanderte, das für ihre jüngeren Patienten gedacht war. „Süßigkeiten gibt's, wenn man mutig war, nicht leichtsinnig."

„Ist das nicht das Gleiche?", forderte Emerson sie heraus. Aber er verließ bald folgsam das Zimmer.

Harvey war der Nächste. Er sah entschlossen drein. Sie hatte bereits an Harvey gearbeitet – er war der Typ Mann, der sich oft verletzte. Er war zuständig für die Sicherheit und immer der Erste, der sich in eine Schlägerei stürzte, und sein Körper war übersät mit den Narben, die dies bezeugten. Und an der Art und Weise, wie er sich auf den Stuhl setzte, ohne darum gebeten zu werden, und ihr seine Schulter hinhielt, konnte sie erkennen, dass man ihm schon früher eine ausgerenkte Schulter wieder eingerenkt hatte. Sie schnitt ihm das Hemd auf, um sich die Schulter genauer anzusehen. Ganz klar, eine Verrenkung, wie sie im Buche steht. Einfach wieder einzurenken, aber nicht gerade angenehm.

„Das hier wird wehtun", warnte sie ihn.

„Ich weiß."

„Bereit? Eins, zwei …" Und bevor sie „drei" sagte, zog sie das Gelenk wieder mit einer raschen, geschickten Bewegung an seinen Platz. Harvey stieß den Atem zwischen seinen Zähnen aus, aber abgesehen davon zeigte er keinerlei Anzeichen von Schmerz. „Jetzt werde ich den Arm in eine Schlinge legen. Lass ihn ein paar Stunden ruhen, okay? Nur zur Sicherheit." Sie zog eine Schlinge aus einer Schublade. Wenn Harvey ein Mensch gewesen wäre, dann hätte er die Schlinge ein paar Wochen tragen müssen. Aber sie vertraute darauf, dass seine Drachen-Anatomie ihn schnell heilen ließ.

„Ja, Doktor." Er nickte ihr steif zu. Sie hatte Harvey immer gemocht. Er war ein direkter Typ und konnte unhöflich sein, wenn er nicht aufpasste. Aber seine unverblümte Art hatte etwas Erfrischendes an sich. Bei ihm wusste man immer, woran man war.

Anders als ihr nächster Patient. Daniel schlüpfte mit einem reumütigen Grinsen im Gesicht durch die Tür, sobald sie Harvey entlassen hatte. Sie bemühte sich, die Fassung zu bewahren, aber ihr Herz schlug enervierend heftig in ihrer Brust. Daniel war … Daniel war ein schwieriger Fall. Zu ihrer größten Beschämung musste sie gegen eine kleine Schwärmerei ankämpfen, die sie ihm gegenüber empfand, beinahe seit dem Moment ihrer ersten Begegnung. Der charismatische beste Freund ihres Bruders … Was hatte er nur an sich, das sie so faszinierte?

Er hatte Humor, fand sie. Und er interessierte sich immer sehr für andere Leute, war extrovertiert, das war irgendwie ziemlich reizvoll. Vielleicht weil es authentisch war. Für Alice, die äußerst introvertiert war, war es … seltsam. Interessant, nahm sie an. Und er war schön anzusehen. Diese leuchtend roten Haare, strahlend blaue Augen, das Lächeln, das sich jeden Moment auf seinem Gesicht ausbreiten konnte – er war wie ein Sonnenschein. Das war es, was ihr gefallen hatte.

Nicht, dass sie jemals in tausend Jahren etwas davon erwähnen würde. Selbst wenn sie an einer romantischen Beziehung interessiert gewesen wäre – er war nicht der Richtige für sie. Viel zu sprunghaft, viel zu fokussiert auf seinen Bad-Boy- Lifestyle. Er und James waren jahrzehntelang die schlimmsten Frauenhelden der Stadt gewesen, hatten immer mit ihren Eroberungen geprahlt, die One-Night-Stands, die sie jedes Wochenende mit irgendwelchen Frauen hatten. Das widerte sie leicht an. Nein, er war nichts für sie. Allerdings hatte ihre dumme Schwärmerei – sehr zu ihrem Ärger – das noch nicht kapiert. Sie versuchte so gut es ging, ihm aus dem Weg zu gehen. Und nun war er hier und zog seine Hose nach unten bis zu seinen Knöcheln, als wäre das das Natürlichste auf der Welt.

Sie hoffte inständig, dass sie nicht errötete, legte all die professionelle Beherrschtheit an den Tag, die sie sich in den Jahrzehnten ihrer medizinischen Praxis angeeignet hatte, und machte sich an seine Prellungen. Und tatsächlich waren da auch ein paar Dornen in der Haut. Er zuckte zusammen, als sie sie mit einer Pinzette herauszog, und sie war dankbar, dass er ihren Gesichtsausdruck nicht sehen konnte.

„Da", sagte sie schließlich zufrieden, dass sein Hintern nun dornenfrei war. Die kleinen Wunden heilten bereits und es gab keinen Grund, diese kleinen Abschürfungen zu verbinden, denn in ein paar Stunden würde man nichts mehr davon sehen.

„Wird eine Narbe zurückbleiben, Frau Doktor? Wird mein hübscher Hintern für immer gezeichnet sein?"

„Nein", erwiderte sie gereizt und kämpfte gegen ihr Erröten an. Sie wünschte, sie wäre etwas schlagfertiger. „Versuch einfach nur … nächstes Mal nicht so leichtsinnig zu sein, okay?"

„Danke, Frau Doktor." Er zog seine Hose wieder hoch, und als er in Richtung der Tür ging, drehte er den Kopf und zwinkerte ihr über die Schulter zu. „Danke für die zarte Berührung."

Dann war er verschwunden und sie konnte nach Herzenslust rot werden. Sie verdrehte die Augen, entnervt darüber, wie heftig ihr Herz schlug. Das war richtig unprofessionell von ihr, im Ernst. Wie zur Hölle sollte sie diese blöde Schwärmerei loswerden?

Kapitel 2 – Daniel

Es war ein ziemlich irrer Tag gewesen, alles in allem, aber trotz des chaotischen Endes ihrer Arbeit am Nachmittag war er doch auch produktiv gewesen. Nachdem die letzten paar Solarpanel installiert worden waren (bis auf dasjenige, das heruntergefallen war – das würde repariert werden müssen, bevor es wieder auf das Dach gehievt werden könnte, um seinen Kollegen Gesellschaft zu leisten), waren die Hütten alle offiziell fertig und bereit für ihre Bewohner. Und Daniel freute sich sehr darauf, ihre kleine Touri-Falle nun endlich zum Laufen zu bringen. In den vergangenen paar Monaten hatten sie ein paar wenige Hütten, die frühzeitig fertiggestellt worden waren, vermietet. Eine Art Testlauf – nie mehr als zehn Gäste insgesamt in einer bestimmten Zeitspanne, um zu sehen, welche Startschwierigkeiten es gab. Aber jetzt, da die restlichen Hütten bereit für ihre Bewohner waren, konnte Daniel es kaum erwarten, sie mit fröhlichen Gästen zu füllen.

Er hatte die letzten paar Monate geliebt. Ständig waren neue Leute in die Siedlung gekommen, man konnte zusammen am Strand liegen oder im großen Speisesaal essen – das hatte ihn glücklich gemacht. Daniel war beinahe krankhaft extrovertiert, und seit seiner Jugend hatte ihn im Leben nichts anderes interessiert, als neue Leute kennenzulernen und ihre Geschichten zu hören. Das hier war einfach so eine große Welt, und trotz der langen Lebensspanne eines Drachen wusste er, dass er nicht alles würde erleben können, was sie zu bieten hatte. Was war also besser, als all die Geschichten von anderen Leuten zu hören?

Das war es, was ihm an seinem Leben auf Achse am meisten gefehlt hatte, wenn er ehrlich sein sollte. Jahrzehntelang waren er und seine engsten Freunde auf ihren Motorrädern kreuz und quer durchs Land gefahren. Das waren wilde, gefährliche Zeiten gewesen, und er wusste, dass seine Freunde sich unbedingt irgendwo hatten zur Ruhe setzen wollen. Aber so abgeschottet zu leben hatte ihm ganz schön zu schaffen gemacht. Er konnte sich dadurch Erleichterung verschaffen, indem er mit seinem Kumpel James an den Wochenenden in die Bars in der Gegend ausgegangen war. James' Antrieb war dabei eher gewesen, Frauen zu verführen, als seine gesellige Ader auszuleben. Nicht, dass Daniel unbedingt etwas gegen unverbindliche Techtelmechtel hatte, aber ihm reichte auch einfach nur eine ausgedehnte Konversation.

Aber davon gab es in letzter Zeit nur wenige. Seit James endlich seine Seelengefährtin gefunden hatte – eine menschliche Frau namens Julia, die vor ein paar Monaten zu ihnen auf die Halbinsel gezogen war – hatte Daniel niemanden mehr, um in die Stadt zu fahren. Also waren die Touristen eine willkommene Abwechslung. Er konnte es kaum erwarten, dass der Ort vor Gästen brummte. Bereits jetzt konnte er das Potenzial erkennen, dass dies einer der begehrtesten Orte an der Westküste werden könnte – die Zukunft des nachhaltigen Öko-Tourismus.

Aber dafür mussten sie wissen, wie sie sich vermarkten sollten. Und da draußen herrschte eine unbekannte neue Welt. Daniel hatte sich freiwillig gemeldet, um sich um das Marketing zu kümmern. Lachlan hatte den Großteil davon erledigt, aber er war schwer damit beschäftigt, die Siedlung zu leiten (und sich um seine Kinder zu kümmern – er und seine Partnerin Serena hatten mit ihren zwei Kindern, die sie auf Trab hielten, genug zu tun). Nachdem der Großteil der Bauarbeiten erledigt war, hatte Daniel sich gedacht, dass seine natürliche Vorliebe für Leute ihn für die Position des Marketingleiters prädestinierte.

Aber er hatte sich viel darüber aneignen müssen. Sich mit Social Media vertraut zu machen, war nicht so einfach gewesen. Er hatte viele Nächte am Computer verbracht, um herauszufinden, wie Menschen mit diesem neumodischen Internet-Zeugs umgingen. Für jemanden, der lange vor der Erfindung des Computers auf der Welt gewesen war, war es Daniel schwergefallen, mir dieser Art von Technik umzugehen. Aber langsam wurde es besser. Networking war ihm immer schon leicht gefallen, es gab einfach nur viele neue Hilfsmittel, mit denen man heutzutage networken konnte, das war alles. Mittlerweile freute er sich darauf, nach einem langen Arbeitstag nach Hause zu kommen und seine E-Mails zu checken.

Ein ziemlich alberner Tag, dachte er mit einem reumütigen Grinsen, als er durch die Eingangstür seines Hauses ging. Es befand sich genau in der Mitte der Siedlung, nur ein paar Türen vom Speisesaal entfernt. Er liebte es, nah am Geschehen zu sein. An seinen freien Tagen saß er meist auf seiner Veranda, beobachte die vorbeigehenden Leute, sprach mit den Gästen und fragte sie, wie sie ihren Aufenthalt fanden. Nicht, dass es ihm was ausmachte, allein zu sein. Aber als er beim Licht der untergehenden Nachmittagssonne sein Haus betrat, musste er zugeben, dass es ein bisschen traurig war, in ein leeres Haus zurückzukehren.

Und in den vergangenen paar Jahren war er sich der Tatsache, dass er allein lebte, immer bewusster geworden. Es ging um wie eine Art Virus. Solange er denken konnte, waren er und seine Kumpels eingeschworene Junggesellen gewesen. Nur die Jungs, gemeinsam auf Achse. Aber dann hatte Lachlan seine Gefährtin, Serena, kennengelernt. Dann Bryce Jasmine, und James hatte Julia getroffen. Und ehe Daniel sich's versah, hatten sich seine engsten Freunde mit ihren Seelengefährtinnen niedergelassen. Er freute sich natürlich für sie. Der Gedanke daran, sich zu verlieben, jeden Tag seines Lebens in der Gesellschaft der einen Person, die für einen bestimmt war, zu verbringen – mein Gott, das war wunderbar. Er musste zugeben, dass er sogar ein klein wenig eifersüchtig war. Manchmal, spätnachts, dachte er darüber nach, ob auch er seine Seelengefährtin treffen würde. Er hatte in seinem langen, langen Leben so viele Leute kennengelernt. Jede einzelne Person war faszinierend gewesen, voller interessanter Geschichten, Ideen und Gedanken. Aber wie sollte er daraus eine auswählen, mit der er den Rest seines Lebens verbrachte? Der Gedanke an eine Seelengefährtin war wunderbar, ja. Aber gleichzeitig erweckte er in ihm ein beklemmendes Gefühl. Was, wenn seine Seelengefährtin ihn davon abhalten würde, neue Leute kennenzulernen? Was, wenn sie ihn die ganze Zeit an ihrer Seite haben wollen würde, und zur Hölle mit dem Rest der Welt? Damit würde er nicht umgehen können – wie glücklich und zufrieden seine Freunde mit ihren Partnerinnen auch zu sein schienen.

Er nahm eine lange heiße Dusche und war froh, sich den Schweiß des Tages abzuwaschen. Als das heiße Wasser über seinen Körper lief, spürte er ein verräterisches Brennen – und grinste bei dem Gedanken an die etwas peinliche Verletzung, die er sich heute zugezogen hatte. Mein Gott, wie peinlich. Wie gut, dass Alice so professionell war – er wusste, dass sie sich um ihn kümmern würde, ohne sich zu sehr über ihn lustig zu machen.

Er bewunderte die Schwester seines besten Freundes sehr. Klar, sie war schüchtern – es hatte lange gedauert, bis er sich mit ihr angefreundet hatte, als er ihr zum ersten Mal begegnet war. Aber als er schließlich ihre coole Aura durchbrochen hatte, hatte sie ihn mit einem wachen Geist und wohlüberlegten Ansichten überrascht, die ihn fasziniert hatten. Er zog immer voreilige Schlüsse, immer auf der Suche nach dem nächsten interessanten Thema, das es zu erkunden galt, immer bereit für das nächste Abenteuer. Aber Alice war etwas langsamer und bedachtsam. Sie nahm sich Zeit mit den Dingen – und mit den Leuten. Er wünschte, dass er mehr Zeit mit ihr verbringen könnte. Sie hatte etwas an sich – er hatte das Gefühl, dass er viel von der Art, wie sie die Welt sah, lernen könnte. Aber sie waren so unterschiedlich. Und er hatte immer den Eindruck, dass sie ihn nicht besonders mochte. Sie wirkte immer etwas abwesend, wenn er mit ihr sprach. Er hatte James ein paarmal nach ihr gefragt, aber sein Freund hatte nur die Achseln gezuckt.

„Ihr zwei werdet euch nie allzu gut verstehen. Du bist ihr zu extrovertiert. Sie ist der Typ, der eine ganze Woche allein in einer Hütte verbringen könnte, nur mit ihren medizinischen Büchern, die ihr Gesellschaft leisten."

„Eine Woche? Ganz allein?" Daniel war entsetzt gewesen. „Ich glaube, ich würde tatsächlich sterben."

Das erinnerte ihn an etwas – James wollte an diesem Abend zum Essen vorbeikommen. Seit James mit seiner Partnerin zusammengezogen war, hatten sie nicht mehr so viel Zeit miteinander verbracht. Vorbei war die Zeit, in der sie an den Wochenenden in die Bars der Stadt gegangen waren, und Daniel vermisste seinen Freund. Er verbrachte den restlichen Spätnachmittag damit, ein Essen vorzubereiten, und freute sich darauf, James von dem chaotischen Ende seines Arbeitstags zu berichten. Der Tisch war gedeckt und das Essen war bereit, serviert zu werden. Er hatte gerade noch genug Zeit, seine E-Mails zu checken, bevor James eintreffen würde.

Er las immer noch, als James durch die Eingangstür kam. Die zwei standen sich nahe genug, sodass sie Höflichkeiten wie Anklopfen in den Wind hatten schießen können. James hatte eine Flasche Wein in der Hand und er kam hinüber, um Daniel über die Schulter zu gucken, während dieser vor seinem Computer saß.

„Irgendwas Aufregendes los in der Welt?"

„Ja, tatsächlich." Daniel deutete auf den Bildschirm. „Ich bin auf der Mailingliste für den kalifornischen Touristenverband. Die müssen sich unsere Facebook-Seite angesehen haben oder so. Schau – wir wurden zu einer Öko-Tourismus-Konferenz nächste Woche eingeladen."

James hob eine Augenbraue. „In LA? Bisschen weit zu fahren."

„Ja, aber das wird es mehr als wert sein, um uns da draußen bekannt zu machen." Er überflog die E-Mail und war bei dem Gedanken ganz aufgeregt. „Schau! Sie wollen uns kostenlos unterbringen. Eine Art Initiative für kleinere Unternehmen, damit sie teilnehmen. Am ersten Abend gibt es ein Networking Event und das ganze Wochenende über Foren und Vorträge …"

„Dann musst du wohl hin, oder?"

„Auf jeden Fall", erwiderte Daniel grinsend und stand auf. „Ich brauche unbedingt einen Road-Trip. Das ist perfekt. Dort gibt es Foren dazu, wie man sein Business startet, wie man es bekannt macht, mehr Buchungen erhält, mehr Mundpropaganda … wie man sein Marketing-Budget am besten einsetzt, wie man eine Marke aufbaut …"

James lachte. „Das klingt nach dem schlimmsten Wochenende, das ich mir vorstellen kann, ehrlich, aber ich weiß, wie sehr du dieses ganze Zeug liebst."

„Du willst also nicht mitkommen? Hier steht, ich kann einen Partner mitbringen."

James hob eine Augenbraue. „Wir sind keine Partner."

„Klar sind wir das." Daniel blinzelte ihn an und war leicht beleidigt. „Oder etwa nicht?"

Sein Freund lachte. „Wenn Menschen Partner sagen, dann meinen sie in der Regel … Gefährten."

„Oh." Daniel zog die Nase kraus. „Aber ich habe keine. Wäre schade, wenn ich allein ginge."

James zuckte die Achseln. „Menschen sind da etwas lockerer in der Hinsicht. Du kannst einfach eine Frau mitbringen und sagen, dass sie deine Partnerin ist. Das muss keine ernsthafte Beziehung sein."

Daniel dachte darüber nach, während er das Essen für sie beide austeilte, etwas verwirrt von der Idee. Er wusste, dass es gut wäre, jemanden bei sich zu haben. Neue Leute kennenzulernen war immer leichter, wenn man jemanden im Schlepptau hatte. Er wusste das von den unzähligen Malen, in denen er und James auf der Suche nach Eroberungen ausgegangen waren. Er hatte so manche Kerbe in seinem Bettpfosten, klar, aber keine der Frauen, mit denen er geschlafen hatte, schien geeignet, um sie auf ein Wochenende in Los Angeles mitzunehmen.

„Da wäre zum Beispiel Alice, die du mitnehmen könntest", sagte James achselzuckend, während sie aßen. „Sie klagt schon länger darüber, dass sie monatelang in ihrer Arztpraxis festsitzt. Sie könnte so tun, als wäre sie deine Verlobte, oder so. Ein kleiner Kurztrip würde ihr guttun."

Der Vorschlag hatte was. Hatte er nicht gerade darüber nachgedacht, dass er mehr Zeit mit der Ärztin verbringen wollte? Aber das verkniff er sich. „Bist du sicher? Fände sie das nicht doof, als meine falsche Verlobte mitzukommen? Ich bin nicht gerade ihr Lieblingsmensch."

„Niemand ist ihr Lieblingsmensch", erwiderte James und zuckte die Achseln. „Sie mag dich schon, Mann, sie … ist einfach nur lieber für sich als mit anderen zusammen. In dieser Sache ist sie etwas eigen. Aber es wäre gut für sie, wenn sie etwas aus ihrer Komfortzone rauskäme."

„Ja?" Daniel war sich nicht sicher. „Ich meine, es wäre gut, jemanden bei sich zu haben, der auch hier lebt, und mit ihm zu sprechen. Aber denkst du wirklich, dass sie mit mir einen Kurztrip machen würde?" Er zögerte und ein verlegenes Grinsen breitete sich auf seinem Gesicht aus. „Sie denkt grade wahrscheinlich, dass ich ein ziemlicher Idiot bin. Ich hatte da so … eine doofe Verletzung, mit der ich zu ihr gegangen bin."

James lachte daraufhin. „Ja, ich bin auf dem Weg hierher Emerson begegnet. Hab ihn nach seinem Kopfverband gefragt. Hatte eine interessante Geschichte zu erzählen. Wie geht's deinem Hintern?"

„Gut, danke", erwiderte Daniel kleinlaut. „Aber sie hat mich angesehen, als wäre ich der größte Depp der Welt. Bist du sicher, dass sie ein Wochenende mit mir verbringen würde, zumal als meine falsche Verlobte?“

„Betrachte es doch mal so. Sie liegt Lachlan schon seit Monaten damit in den Ohren, dass wir noch jemanden für die Krankenstation einstellen, nicht wahr? Und er hat es abgeschmettert, da wir uns das nicht leisten können. Wenn ihr zwei euch bei dieser Konferenz gut anstellt, bedeutet das mehr Buchungen, mehr Geld, mehr Budget für mehr Personal. Wenn wir ihr das so verkaufen, dann wird sie ja sagen.“ James zuckte mit den Schultern und biss ein großes Stück von seinem Brötchen ab. „Morgen kommt sie zu mir und Julia zum Abendessen. Ich kann mit ihr darüber sprechen, wenn du willst.“

Daniel nickte. „Das wäre gut. Ich meine, dräng' sie nicht zu irgendetwas. Es wäre schön, sie bei mir zu haben, aber ich will nicht, dass sie etwas tut, das sie nicht tun möchte.“

James lachte. „Ein kostenloses Wochenende in Los Angeles? Das würde ihr gefallen. Und es wäre gut für sie. Du hast ein Händchen dafür, Leute aus ihrem Schneckenhaus rauszuholen – und sie braucht das mehr als jeder andere.“

Den restlichen Abend sprachen sie lachend über alte Zeiten. Auch wenn er sich etwas Sorgen gemacht hatte, als ihn sein bester Kumpel seiner neuen Seelengefährtin vorgestellt hatte, musste Daniel doch zugeben, dass sich zwischen ihnen nichts verändert hatte. Wenn überhaupt, standen er und James sich noch näher als damals, als sie ihre Zeit auf der Suche nach Frauen in Bars verbracht hatten …

„Hey, vielleicht trifft einer von euch dort seinen Seelengefährten“, bemerkte James nachdenklich.

„Etwa auf einer Marketingkonferenz?“

„Hey, es sind schon seltsamere Dinge geschehen. Und in letzter Zeit liegt etwas in der Luft“, gab James zu bedenken. „Drei von uns haben in den letzten paar Jahren ihre Seelengefährten gefunden. Ich würde gerne darauf wetten, dass einer von euch der Vierte sein wird.“

Daran hatte er noch gar nicht gedacht. „Das ist gut möglich.“

James strahlte. „Ihr könntet euch gegenseitig helfen! Euch umschauen, was so geboten ist. Du kannst sie vor den üblen Typen beschützen, die sie anmachen wollen, und sie kann herausfinden, welche der Frauen Single und bereit für ein Date sind …“

Daniel musste bei dem Gedanken lachen. „Schau, ich will uns bekannt machen, das ist alles rein geschäftlich. Falls ich dabei zufällig der Liebe meines Lebens begegnen sollte – nun, ich würde es nicht ausschließen, aber das ist nicht der Grund, warum ich hinfahre."

„Na gut, na gut", erwiderte James und zog seine Nase kraus. „Wie langweilig."

„Was, wenn meine Seelengefährtin ein künftiger Gast ist, der nie etwas über diesen Ort erfahren wird, wenn ich mich bei dieser Konferenz nicht gut anstelle?"

„Na ja, wie dem auch sei, du musst zu dieser Konferenz fahren. Und du brauchst eine geeignete Begleiterin. Ich werde mit Alice darüber sprechen", versprach James.

Später an diesem Abend, als er sich zum Schlafen hinlegte, lächelte Daniel vor sich hin. Er musste zugeben, dass er sich auf die Konferenz freute. Und er hoffte, dass auch Alice gerne mitkommen würde. Es wäre gut, die Schwester seines besten Freundes auf der langen Fahrt dorthin besser kennenzulernen. Vielleicht konnte er ihr zeigen, dass mehr an ihm war als der extrovertierte, mitteilsame Typ, der in einen Dornenbusch gefallen war. Und vielleicht konnte er einen Blick unter den dicken Panzer werfen und die Frau kennenlernen, die sich darunter verbarg.

KAPITEL 3 – ALICE

Gott sei Dank war Wochenende. Alice hatte Lachlan überzeugen können, eine Weile freizubekommen. In den Hütten waren nur noch einige wenige Gäste, und die letzten paar Familien wären bis Donnerstag abgereist. Sie hatten erst wieder am kommenden Mittwoch Buchungen. Für die verbleibenden Familien war sie gerne auf Abrufbereitschaft. Aber sie würde nicht den ganzen herrlichen Samstag in ihrem Büro verbringen, nur weil die geringe Wahrscheinlichkeit bestand, dass sich jemand verletzen könnte. Also konnte sie endlich mal wieder seit Langem einen ganzen, herrlichen Tag am Strand verbringen, ihre schlanken Glieder in der Sonne wärmen und ein bisschen lesen.

Sie genoss den Nachmittag so sehr, dass sie beinahe vergessen hätte, dass sie bei James und Julia zum Abendessen eingeladen war. Aber als die Sonne am Himmel verblasste, erinnerte sie sich plötzlich an diese Verabredung. Sie hatte ein etwas schlechtes Gewissen, wie sehr sie abgeschaltet und alles ausgeblendet hatte, und beeilte sich, nach Hause zu kommen. Den ganzen Tag über keine einzige Seite gelesen, dachte sie mit einer gewissen Befriedigung. Es war gut zu hören, dass sich niemand verletzt hatte. Und noch besser, dass Lachlan ihr somit kein „Hab ich's dir doch gesagt" über ihren Tag am Strand vorwerfen konnte.

Nach einer raschen kühlen Dusche und nachdem sie sich umgezogen hatte, war sie bereit, zu James und Julia rüberzugehen. Sie summte beim Gehen vor sich hin. Idealerweise hätte sie den Abend allein mit einem Buch ins Bett gekuschelt verbracht. Aber sie traf sich gern mit ihrem Bruder, seiner Partnerin und ihrem kleinen Neffen. Der Junge hatte schon eine ganz eigene Persönlichkeit. Obwohl er erst drei war, zeigte er bereits die Eigenarten der Person, die er mal sein würde. Es war eine witzige Geschichte gewesen. James hatte Julia vor vier Jahren kennengelernt und eine gemeinsame, leidenschaftliche Nacht hatte zu Rileys Empfängnis geführt. Aber James, wie man es von ihm gewohnt war, hatte Julia keine Möglichkeit gegeben, ihn zu kontaktieren. Aber die folgenden drei Jahre hatte er von der Frau, die er damals an der Ostküste kennengelernt hatte, geträumt. Glücklicherweise waren sie vor ein paar Monaten per Zufall wieder zusammengeführt worden, und James hatte seine verpassten Jahre mit seinem Sohn wiedergutgemacht.

Riley war auf der Veranda, als sie eintraf. Er war auf dem Boden zusammengekrümmt und starrte intensiv auf etwas, das aussah wie eine Kollektion all der Baumblätter, die es auf der Halbinsel gab. Alice lächelte und winkte ihm kurz zu, als er zu ihr aufblickte, und seine leuchtend blauen Augen weiteten sich etwas, als er sie erkannte. Es war seltsam, eine Tante zu sein.

„Blätter“, erklärte er stolz und deutete auf seine Sammlung. Sie nickte – dann winkte sie, als Julia auf die Veranda stürmte.

„Ein kleiner Wissenschaftler, nicht wahr?“, fragte Julia, hob den Jungen hoch und schenkte Alice ein strahlendes Lächeln. „Das Abendessen ist fast fertig. Wie geht es dir, Alice?“

„Besser, nachdem ich den ganzen Tag am Strand verbracht habe“, erwiderte sie fröhlich. „Ich habe den Eindruck, ich habe eine Menge Energie getankt.“

Julia lachte, als sie nach drinnen gingen. „Weißt du, ich glaube, dass das typisch für eure Familie ist. Riley wird ganz hibbelig, wenn wir ein paar Tage nicht in der Nähe des Strandes sind.“

„Wir sind Wasserdrachen!“ Das war James – er kam rüber, umarmte Alice heftig und fuhr ihr wild durch die Haare, wie er das immer tat. Diese Angewohnheit würde er wohl nie ablegen, das wusste sie, und entwirrte ihr schulterlanges, lockiges schwarzes Haar mit einem betrübten Lächeln. „Wir müssen viel im Wasser sein, andernfalls trocknen wir aus und verdorren.“

„Gibt es dazu was Neues?“, fragte Alice und blickte kurz auf Riley. Obwohl seine Mutter ein Mensch war, ließen die ozeanblauen Augen des Jungen erkennen, dass er wohl etwas von der Magie seines Vaters geerbt hatte. Alle warteten sie gespannt darauf, ob er die Fähigkeiten entdecken würde, sich zu verwandeln.

„Bislang nicht, aber ich warte nur darauf, dass ich eines Tages im Kinderbett nur noch Schuppen und Schwingen sehe“, erwiderte Julia grinsend. „Er liebt den Drachen seines Vaters. Und ganz besonders liebt er es, mit ihm schwimmen zu gehen.“

„Ich habe nicht viel über halb-menschliche Gestaltwandler-Kinder herausfinden können“, erläuterte Alice, als sie sich zum Essen niedersetzten. Das stand auf ihrer immer länger werdenden Liste von Themen, die sie recherchieren wollte. Aber es gab nicht viele Präzedenzfälle von Menschen, die Kinder mit Gestaltwandlern hatten. „Er ist in gewisser Weise eine Fallstudie, nicht wahr?“

„Du kannst herzlich gerne eine wissenschaftliche Arbeit über ihn schreiben“, sagte James grinsend. „Aber denk an uns, wenn du dann berühmt bist, ja?“

Sie lachte. „Oh, klar. Ich werde der Hit in unserer hochgeheimen Gemeinschaft sein. Tolle Berühmtheit.“

„Apropos Berühmtheit – hast du Lust auf einen Trip nach LA?“

Sie blinzelte zu James rüber und war etwas perplex. „Warum?“

„Wir haben gestern eine E-Mail vom kalifornischen Tourismusverband erhalten“, erklärte James und beugte sich nach vorne. „Sie geben nächstes Wochenende eine große Konferenz in LA – eine Art Who is Who der Touristen-Hotspots in der Gegend, besonders der umweltfreundlichen.“

Julia nickte. „Es ist eine große Konferenz – wirklich ein gutes Zeichen, dass ihr dazu eingeladen wurdet.“

„Das ist toll“, erwiderte Alice lächelnd. „Das wäre gut, wenn wir mehr Gäste bekämen, nachdem nun alle Hütten fertig sind. Vielleicht können wir uns dann eine zweite Ärztin leisten“, fügte sie hinzu und verzog leicht das Gesicht. „Wenn ich noch mehr Zeit allein in diesem Büro verbringen muss, dann explodiere ich bald.“ Sie blinzelte. „Aber – wartet mal. Warum würde Lachlan wollen, dass ich auf eine Konferenz gehe? Ich bin doch nur die Ärztin. Dieses ganze … Marketing und PR-Zeug wäre doch eher Daniels Thema.“

„Oh, ja. Er fährt hin. Aber die Einladung ist für ihn und seine Partnerin, und ich dachte mir, dass du vielleicht eine kleine Reise vertragen könntest.“ James zuckte mit den Schultern, den Mund voller

Essen. „Du beschwerst dich immer darüber, dass du in diesem Büro festsitzt …“

„Ja, weil ich lieber in meinem eigenen Haus festsitzen würde!“ Alice spürte einen leichten Anflug von Panik. „Ich weiß nicht, wie man netzwerkt. Ich wäre für ein solches Event mehr als ungeeignet.“

„Das glaube ich nicht“, führte Julia an. „Ich glaube ehrlich, dass du und Daniel ein gutes Team wärt. Er kann toll mit Leuten umgehen und so, aber du musst zugeben, er ist ein ganz schöner Chaot, wenn es um praktische Dinge geht. Du kennst diesen Ort wie deine Westentasche, und du bist gut organisiert, gewissenhaft. Ihr zwei würdet die Konferenz im Sturm erobern.“

„Du musst zugeben, dass sie recht hat“, sagte James und nickte. „Ich liebe Daniel über alles, aber er würde seinen eigenen Kopf vergessen, wenn er nicht angewachsen wäre. Du bist organisiert genug, um ihn auf dem Boden zu halten und seine Energie in die richtigen Bahnen zu lenken. Natürlich nur, wenn du damit einverstanden bist, ein Zimmer mit ihm zu teilen. Wie gesagt, sie rechnen damit, dass er seine Partnerin mitbringt.“

Der Gedanke daran, mit Daniel ein Zimmer zu teilen … eine lange Reise nur mit ihm allein zu machen … seine Partnerin zu sein – ein verräterischer kleiner Teil in ihr hüpfte vor Freude, und eine seltsame Erregung durchfuhr sie. Das war allerdings ein dummer Teil von ihr. Der dumme Teil von ihr, der immer noch an ihrer dummen Schwärmerei festhielt. Dem konnte man keine Entscheidungen anvertrauen. Sie versuchte, das Ganze rational anzugehen. „Ich denke, dass das gut fürs Geschäft wäre, wenn wir zwei das dort gemeinsam angingen …“

Julia nickte. „Außerdem haben sie jeden Tag einen Haufen Foren zu verschiedenen Themen, nicht nur Marketing. Ich hab’s mir angesehen. Sachen zur Nachhaltigkeit, dem ökologischen Fußabdruck, Bildung mit Artenschutz zu verbinden, den Gästen einen schönen Aufenthalt bieten, ohne Flora und Fauna zu zerstören – alles Mögliche. Und Daniel ist toll, aber ich schätze ihn nicht so ein, dass er sich verlässliche Notizen macht …“

„Genau. Du bist ein Nerd. Wer wäre besser geeignet, um etwas für uns Nützliches zu lernen?“ James grinste sie über den Tisch hinweg an, und sie unterdrückte den Drang, ihren Bruder mit ihren Erbsen zu bewerfen. Manche Dinge änderten sich einfach nie, egal wie alt man war.

„Ich schätze, ich könnte das machen", sagte sie zögerlich und versuchte, nicht zu viel an Daniel zu denken – das stellte seltsame Dinge mit ihrem Herzschlag an. „Wenn Daniel mich überhaupt dabeihaben will. Möchte er wirklich das ganze Wochenende über ein Hotelzimmer mit mir teilen?"

James grinste. „Genau das hat auch er über dich gesagt – er hat sich Sorgen gemacht, dass du keine Zeit mit ihm verbringen willst!"

Sie wurde weiß wie die Wand. „Was? Warum?" Angst machte sich in ihrer Brust breit. Wie war er nur darauf gekommen, dass sie ihn nicht mochte? Sie hatte immer versucht, in seiner Gegenwart cool zu sein – hatte sie es damit übertrieben? „Denkt er, dass ich ihn nicht mag?"

Nun lachte James. „Wow. Ihr zwei habt deutlich mehr gemeinsam, als ich dachte."

„Aber – ich kann die Siedlung nicht für ein ganzes Wochenende allein lassen", protestierte sie, obwohl ihr Herz bei dem Gedanken daran wie wild schlug. Los Angeles … sie war schon seit Jahren nicht mehr dort gewesen. Der Gedanke, die Stadt für einige Zeit zu verlassen, war seltsam verlockend … „Ich bin die einzige Ärztin. Was, wenn etwas passiert?"

„Drachen werden nicht krank", bemerkte James. „Die Arbeit an der Baustelle ist beendet, da wird es keine Verletzungen mehr geben. Und nachdem die letzten Gäste am Donnerstag ausgecheckt sind, musst du nicht mehr die ganze Zeit auf Abruf sein", erwiderte es und seine Augen blitzten. „Im schlimmsten Fall gibt es auf dem Festland ein Krankenhaus, nur eine Stunde mit dem Auto entfernt. Du bist nicht die einzige Ärztin auf der Welt, Alice. Nimm dir ein Wochenende frei. Du warnst uns immer davor, dass wir bei zu viel Arbeit ein Burn-out bekommen …"

Was konnte sie dagegen einwenden? James grinste triumphierend und zog sein Handy hervor, um Daniel mitzuteilen, dass sie für die Reise mit an Bord war. Ihr Herz schlug wie wild in ihrer Brust, als sie in ihrem Essen stocherte, und ihre Gedanken rasten durch ihren Kopf. Ein ganzes Wochenende mit Daniel. Eine lange Autofahrt mit ihm, dann ein Hotelzimmer teilen, dann die lange Autofahrt zurück. Wie kam es, dass das gleichzeitig schrecklich *und* aufregend klang? Falls Julia und James merkten, wie gedankenverloren sie war, so sagten sie nichts. Das Gespräch lief in eine andere Richtung und sie bemühte sich, daran teilzunehmen, denn sie war sich der Tatsache bewusst, dass sie dabei war, sich völlig in ihren Gedanken zu verlieren. Später war noch genug Zeit, um in Panik zu verfallen.

„Ich werde Wetten annehmen, wer der Nächste im Ort sein wird, der seinen Seelengefährten findet“, sagte James und seine Augen funkelten. „Bestimmt bist es entweder du oder Daniel, Alice.“

„Was?“

„Ihr fahrt weg! Wer weiß, wen ihr da draußen kennenlernen werdet?“

Julia lächelte. „Diese Seelengefährten-Idee ist irgendwie süß, das muss ich zugeben. Ich wünschte, dass mehr Menschen an Liebe auf den ersten Blick glauben würden.“

„Es ist nicht wirklich Liebe auf den ersten Blick“, erwiderte Alice stirnrunzelnd. „Man hat dieses Phänomen etwas genauer erforscht …“

Aber James schnitt ihr das Wort mit einem Stöhnen ab. „Im Ernst, Alice? Forschen?“

„Was?“, protestierte sie. „Das ist ein interessantes Forschungsfeld! Jede uns bekannte Gestaltwandler-Spezies hat eine gewisse Vorstellung von Verbindungen auf Seelenbasis – dass es eine Art vorherbestimmtes Individuum gibt. Es betrifft nur uns. Gut, es gibt einige Tierarten, die einen lebenslangen Partner haben, aber …“

„Wir sind keine Tiere“, erwiderte James gereizt. „Wir sind Personen. Und es ist Liebe, nicht … Mathe. Warum musst du bei allem immer so wissenschaftlich sein?“

„Es gibt mehr als eine Perspektive auf die Welt“, rügte ihn Julia. „Ich finde, dass die Wissenschaft über die Liebe äußerst interessant ist.“ Sie streckte die Hand aus, um die seine zu drücken, und Alice musste angesichts der Vertrautheit zwischen den beiden lächeln. „Außerdem ist es offensichtlich nicht Liebe auf den ersten Blick, denn du hast bei mir drei Jahre gebraucht, bis du herausgefunden hast, dass es Liebe ist“, sagte sie und zog ihren Partner offenbar etwas auf. Er lachte.

„Das stimmt schon. Aber trotzdem – es ist Schicksal.“

„Hast du jemals jemand Besonderen kennengelernt, Alice?“, fragte Julia neugierig und beugte sich weiter nach vorne. „Jemanden, der vielleicht dein Partner sein könnte?“

Alice unterdrückte die aufkommende Röte in ihren Wangen. Klar, sie war schon eine Weile auf der Welt, sie hatte in dieser Zeit eine Menge attraktiver Männer kennengelernt. Aber keiner von ihnen hatte irgendwelche besonderen Gefühle in ihr geweckt. Das, was diesen Gefühlen am nächsten kam, war ihre doofe Schwärmerei für Daniel. Und das war nicht unbedingt etwas, das sie hier näher erörtern wollte. James würde sie ewig damit aufziehen. Also winkte sie nur abwertend ab. „Keine Chance. Ich glaube nicht, dass da draußen jemand auf mich wartet."

„Im Ernst?" James runzelte die Stirn. „Ich meine, auch ich habe das mal gedacht, aber …"

„Nein, hast du nicht", lachte Julia. „Du dachtest, dass da draußen Hunderte von Frauen auf dich warten."

„Aber ich habe nicht an Seelengefährten geglaubt, bis ich meine getroffen habe", erwiderte er nur.

„Ich habe meinen getroffen", sagte Alice achselzuckend. „Ich habe meinen Seelengefährten vor vielen Jahrzehnten getroffen. Meine Arbeit ist mein Seelengefährte."

Das Gespräch verlief danach in einer anderen Richtung. Aber Alice dachte noch ein wenig darüber nach. War es möglich, dass da draußen irgendwo ein Seelengefährte für sie war, der auf sie wartete? Jemand, der sie so ansehen würde, wie James Julia ansah? Jemand, der sie anbeten würde, mit ihr zusammenleben würde, sich um sie sorgen würde, ihr zuhören würde, was sie Neues in ihren Forschungen herausgefunden hatte? Jemand, mit dem sie zusammenleben konnte, dessen Gesellschaft sie mehr genießen könnte als ihre eigene? Obwohl sie gerne für sich war, so wusste ein Teil von ihr doch, dass es gar nicht so schlimm wäre, jemanden bei sich zu haben. Manchmal war es etwas einsam, so ganz allein zu leben. Besonders, wenn jeder um einen herum sich verliebte. Sogar ihr Frauenheld von einem Bruder, der bis vor Kurzem die wohl letzte Person auf Erden gewesen war, die daran interessiert war, sich mit einer Familie niederzulassen.

Vielleicht hatte James recht. Vielleicht wartete ihr Seelengefährte auf dieser Konferenz auf sie, bereit ihr Herz im Sturm zu erobern. Jemand genau wie sie, jemand Stilles, jemand Schüchternes, der ebenso gerne las wie sie, der glücklich war, den ganzen Tag im Bett zu liegen oder am Strand. Jemand, der ihr endlich dabei helfen konnte, diese blöde Schwärmerei für Daniel loszuwerden, die sie so viele Jahre hindurch genährt hatte. Vielleicht war das eine gute Sache, dachte sie, als sie nach dem Abendessen nach Hause ging, und ihr schwirrte der Kopf bei dem

Gedanken an die Konferenz, an den Kurztrip, auf den sie sich eingelassen hatte. Vielleicht würde sie, wenn sie genug Zeit mit Daniel verbrachte, ihre Schwärmerei für ihn loswerden. Konfrontationstherapie, richtig? Er war so ungestüm, so laut, so extrovertiert – alles an ihm war das genaue Gegenteil von ihr. Wenn sie genug Zeit mit ihm verbringen würde, würde dieser dumme Teil von ihr, der ihn attraktiv fand, vielleicht endlich kapieren, dass er überhaupt nicht zu ihr passte.

Dennoch, während die Tage vergingen, dachte sie immer öfter an den Kurztrip. Und, zu ihrem großen Ärger, an Daniel. Als sie ihre Sachen packte, merkte sie, wie sie sich überlegte, wie sie für ihn aussehen wollte. Daraufhin zog sie die Nase kraus und verfluchte diese fiesen, hinterhältigen Gedanken. Das Wochenende konnte nicht schnell genug da sein. Bestimmt wäre sie nach fünf Stunden im Auto mit ihm ihre Schwärmerei los. Und bis dahin – nun, bis dahin konnte sie sich darauf konzentrieren, worum es bei dieser Reise wirklich ging. Es ging nur um die Siedlung, darüber, dass sie dafür sorgten, dass ihre Siedlung prosperierte. Darum, dass sie sich ordentlich Notizen machte, dass sie alles Wichtige lernte, damit ihre Siedlung aufblühen konnte, damit sich ihre Gäste wohlfühlten und den Ort bekannter machten.

Und ja, vielleicht würde sie Daniel ein bisschen besser kennenlernen, dachte sie leicht entnervt, als sie ihren Koffer packte. Das wäre nicht das Schlimmste auf der Welt. Er war der beste Freund ihres Bruders, und ob es ihr gefiel oder nicht, sie lebten im gleichen Ort. Und vielleicht hatte James recht, vielleicht würde Daniel jemanden auf der Konferenz kennenlernen, der sich als seine Seelengefährtin herausstellte. Das wäre doch toll, oder etwa nicht? Wenn er jemand anders hätte, dann würden ihre Gefühle das vielleicht kapieren und verschwinden und sie in Ruhe lassen. Vielleicht könnte sie ihm sogar helfen, die Leute genau beobachten und eventuell ein paar ungebundene Frauen ausfindig machen, die mit so extrovertierten Typen wie Daniel zurechtkämen. Wer wusste schon, was alles an einem Wochenende geschehen konnte.

Und auch wenn der Gedanke daran, dass Daniel jemand anderen kennenlernen könnte, den Stachel der Eifersucht in sie bohrte, war es dennoch ein Leichtes, das zu unterdrücken und so zu tun als hätte sie das nicht gespürt. Was sie für ihn empfand, war dumm und kindisch, und je eher sie damit aufhörte, desto eher würde sie ihr Leben wie gewohnt weiterleben können. Sich auf ihre Arbeit konzentrieren, auf ihre Forschung, darauf, was sie für ihre kleine Siedlung tun könnte.

Nicht auf den gut aussehenden, blauäugigen Drachen mit dem verwegenen Charme und den leuchtend roten Haaren, von dem sie nicht aufhören konnte zu träumen.

KAPITEL 4 – DANIEL

Es war Freitag, ein herrlich warmer Tag, und Daniel war aufgestanden, noch bevor sich die Sonne am Horizont gezeigt hatte. Irgendetwas an dieser Reise machte ihn glücklich. Endlich aus der Siedlung rauszukommen, wieder auf der offenen Straße zu fahren, in einer Stadt zu sein, in der er schon seit Jahrzehnten nicht mehr gewesen war – nicht, seit er und seine Freunde ein Leben auf Achse geführt hatten. Selbst dann hatten sie nicht viel Zeit in LA verbracht. Die Stadt war zu groß, schrill und teuer gewesen, und sie waren in den Vororten und in den kleinen Ortschaften am Stadtrand viel besser aufgehoben gewesen.

Seltsamerweise war die Person, die ihm an diesem Wochenende Gesellschaft leisten würde, ebenfalls ein Grund für die Freude, die ihn erfasst hatte. Seit James ihm geschrieben hatte, dass ihn Alice gerne begleiten würde, hatte er sich darauf gefreut, etwas mehr Zeit mit der stillen Ärztin zu verbringen. Ein- oder zweimal hatten sie sich getroffen, um über die Reise zu sprechen und ihre Vorschläge für die Reiseroute zu besprechen. Und natürlich hatte Alice eine ganz genaue Vorstellung davon, zu welchen Vorträgen sie gehen sollten und welche Foren am wichtigsten wären. Außerdem hatte sie eine Liste mit Dutzenden von Leuten, die sie zu treffen versuchen sollten, um mit ihnen darüber zu sprechen, wie man den besonderen Bedürfnissen der Siedlung gerecht werden konnte. Die Ausgereiftheit ihrer Vorschläge hatte ihn von den Socken gehauen – sie hatte jedes Detail ganz genau geplant, bis hin zu den Essens-und Klopausen. Er war schon froh darüber gewesen, dass er auf Google Maps herausgefunden hatte, wie lange sie mit dem Auto ungefähr brauchen würden, aber Alice hatte ihn um Längen übertroffen, keine Frage.

Apropos – er wollte nicht zu spät kommen. Alice war so gut organisiert, er hatte den Verdacht, dass seine übliche Laissez-faire Haltung, was die Pünktlichkeit anging, ihr nicht so ganz recht würde. Er hatte gesagt, dass er sie um sieben abholen würde, also war sein Gepäck um viertel vor bereits in seinem Truck. Und wie erwartet saß Alice, als er die Einfahrt zu ihrer kleinen Hütte fünf Minuten vor der verabredeten Zeit hinauffuhr, mit ihrem Koffer auf der Veranda, bereit loszufahren. Sie trug Jeans und eine Bluse, und er musste zweimal hinsehen. Es war eigenartig, sie ohne ihren weißen Laborkittel zu sehen, den sie normalerweise in ihrem Büro trug, wenn sie Dienst hatte. Was, wie ihm jetzt bewusst wurde, immer der Fall gewesen war, wenn er sie in den letzten paar Jahren gesehen hatte. Bei diesem Gedanken hatte er ein schlechtes Gewissen. Warum hatte er sich nicht darum bemüht, mehr Zeit mit ihr zu verbringen, wenn sie nicht arbeiten musste? Gut, sie war die Art von Frau, die lieber für sich war. Aber trotzdem, er war doch ein geselliger Mensch. Irgendwie hatte er das Gefühl, als hätte er sie hängenlassen.

„Ich hoffe, du bist bereit für eine lange Autofahrt", sagte er fröhlich, als sie auf den Sitz neben ihm kletterte, ihre Handtasche in ihrem Schoß. Sie nickte und lächelte etwas – dieses unnahbare Lächeln, das so typisch für sie war und das nie wirklich ihre Augen erreichte. „Es ist schön, so früh auf zu sein. Normalerweise schlafe ich bis nach dem Morgengrauen."

„Ich liebe den Morgen", erwiderte sie leise, ihre blauen Augen auf den sich langsam erhellenden Horizont gerichtet. „Die Welt fühlt sich so frisch an. Wie eine leere Seite in einem Notizbuch."

„Ich bin eine Nachteule", gestand er und lächelte zaghaft. „Wenn die Sterne am Himmel sind, hat man das Gefühl, als wäre alles möglich, nicht wahr?"

„Wir sind ziemlich verschieden, glaube ich."

Eine seltsame Stille trat ein, während er auf die Hauptstraße abbog und die Halbinsel hochfuhr. Sie würden etwa eine halbe Stunde in Richtung Norden fahren müssen, dann die doppelte Zeit zurück, wo die Halbinsel auf das Festland traf. Das würde ihre Reise um eine Stunde verlängern, aber da es keine Brücke gab, die die Halbinsel mit dem Festland verband, ging es nicht anders. Er klopfte nervös auf das Lenkrad, die Stille machte ihm etwas zu schaffen. „Wir sollten vielleicht eine Fähre nehmen. Das ist doch doof, den ganzen Weg hoch- und dann alles wieder runterzufahren."

„Eines Tages vielleicht. Wenn wir es uns leisten können", sagte sie mit einem betrübten Gesichtsausdruck. „Wir müssen erst ein paar Schulden zurückzahlen, und natürlich sähe ich es gerne, wenn zumindest ein Teil unseres Geldes dafür verwendet würde, jemanden für die Krankenstation einzustellen …"

„Oh, klar. Das muss einsam sein, so für sich allein zu arbeiten."

Sie zuckte die Achseln. „Nicht einsam. Ich bin gerne für mich. Aber es wäre schön, wenn man nicht die Einzige wäre, die die ganze Zeit auf Abruf bereit ist, weißt du? Selbst jetzt an diesem Wochenende wegzufahren, bereitet mir Sorgen, dass etwas passieren könnte. Zumindest eine Person mehr zu haben, die sich statt mir darum kümmern könnte, das … na ja, das wäre schön."

Daniel nickte. Und wieder setzte die unangenehme Stille ein, und er griff nach unten und fummelte am Radio herum. Er fühlte sich bereits etwas unwohl. Aber selbst die Musik war nicht genug, um sich weniger hibbelig zu fühlen. Alice hatte zweifellos keinerlei Probleme damit, die ganze Autofahrt hindurch schweigend zu verbringen. Aber für Daniel war das eine unerträgliche Vorstellung. Sie müssten doch in der Lage sein, ein Gesprächsthema zu finden. Sie beiden waren schon seit unzähligen Jahrzehnten am Leben, da gab es doch sicher ein paar Geschichten.

„Wie war es an der medizinischen Fakultät?", fragte er schließlich, ein Thema, über das er überhaupt nichts wusste. Alice sah ihn mit hochgezogener Augenbraue an und war sichtlich überrascht über die Beliebigkeit dieser Frage. „Wo hast du studiert?"

„In San Bernardino gibt es eine Uni", hob sie an und sah immer noch etwas amüsiert aus. „Da bin ich … oh, vor langer Zeit hingegangen. Damals, als ihr Jungs und James noch auf Achse wart, immer auf der Suche nach Ärger."

„Er hat dir davon erzählt, hm?" Er konnte sich ein Grinsen nicht verkneifen. Diese Jahre waren ziemlich wild gewesen. Sie fünf waren nicht wirklich gesetzestreu gewesen damals – eher das Gegenteil. Und sie waren in einige Kämpfe verwickelt worden. „Wir hätten damals eine Ärztin gut brauchen können. Wir hatten schlimmere Scherereien als …"

„… in einen Rosenbusch zu fallen?", fragte Alice und warf ihm einen kurzen Blick zu. Er lachte laut.

„Ich hatte gehofft, dass du das schon vergessen hast."

„Ich habe nicht viele Patienten", erwiderte Alice lakonisch. „Derartige Verletzungen bleiben einem im Gedächtnis."

„Na ja, ich habe meine Lektion gelernt", sagte er grinsend. „Keine peinlichen Po-Verletzungen mehr für mich, vielen Dank."

Sie betrachtete ihn neugierig. „Du sahst nicht so aus, als wäre es dir peinlich gewesen."

„Es war mir so peinlich! Dich bitten zu müssen, eine ausgebildete Ärztin, mir Dornen aus dem Hintern zu ziehen …"

Sie kicherte – ein angenehmer Klang, der ihn überraschte.

„Das hast du dann aber gut verborgen." Sie neigte den Kopf zur Seite. „Du wirkst immer sehr souverän. Das beneide ich an dir."

Auch das überraschte ihn, und er wandte den Blick kurz von der Straße ab und sah sie groß an. „Im Ernst? Du bist … eine Ärztin. Du bist praktisch die imponierendste Person, die ich kenne. Du dürftest doch keinen Grund haben dich nicht souverän zu fühlen?"

„Ich meine, was Medizin und so betrifft, bin ich schon souverän", erwiderte sie und fummelte an der Handtasche auf ihrem Schoß herum. „Davon verstehe ich etwas. Aber … Leute, soziale Interaktionen, all so was? Das macht mich unglaublich nervös."

„Aber warum?"

Sie zuckte mit den Achseln. „Ich bin … einfach so, vermute ich. Warum bist du so selbstsicher?"

Er zuckte mit den Schultern. „Ich glaube, ich … mache da einfach keine große Sache draus. Ich spreche gerne mit Leuten, höre mir ihre Geschichten an, lerne sie besser kennen. Ich schätze, da bleibt einfach kein Platz, um sich Sorgen darüber zu machen, was falsch laufen könnte."

„Das ist eine schöne Sichtweise", erwiderte sie nachdenklich. „Vielleicht sollte ich das mal ausprobieren, wenn wir in LA sind."

„Das ist eine gute Idee!" Er lächelte und in seiner Brust machte sich wieder Vorfreude breit. „Ich freue mich schon die ganze Woche darauf. Warst du jemals dort?"

„Nicht wirklich", antwortete sie. „Ich meine, ich war ein paarmal dort, habe im Laufe meiner Karriere ein paar Tage in den dortigen Krankenhäusern gearbeitet. Aber ich habe nie wirklich viel Zeit dort verbracht. Jeder sagt, es sei wunderbar, aber … viele Leute und Halligalli ist nicht wirklich mein Ding."

Er nickte. „Gute Krankenhäuser?"

„Gut besuchte Krankenhäuser", erwiderte sie trocken. „Viele junge Leute mit zu viel Alkohol intus. Und Überdosierungen. Viele traurige Geschichten."

„In einem Krankenhaus gibt es wohl nicht wirklich viele fröhliche Geschichten", erwiderte Daniel leise. „Menschen werden krank, verletzen sich, werden alt und sterben …"

Sie nickte. „Davon gibt es eine Menge. Aber es gibt auch Gutes. Menschen, die nach einer langen Krankheit wieder gesund werden. Das waren mir immer die Liebsten. Es gab mal eine Frau, die seit Jahren schlimme Bauchschmerzen hatte. Endlich fanden wir heraus, dass sie eine bestimmte Lebensmittelintoleranz hatte. Einen Monat später, nachdem sie dieses Nahrungsmittel aus ihrem Speiseplan gestrichen hatte, kam sie wieder. Und es war, als sähe man einen anderen Menschen. Sie war so glücklich."

Daniel lächelte in sich hinein. Er konnte sich nicht daran erinnern, wann er Alice das letzte Mal so viel hatte sprechen hören. Es war schön, dass sie sich wohl genug fühlte, um eine ganze Geschichte zu erzählen. Während der Fahrt entlockte er ihr mehr Geschichten und stellte überrascht fest, dass sie gut darin war, sie zu erzählen, wenn sie sich darauf konzentrierte. Krankenhausgeschichten waren krass, man bekam wirklich alle möglichen Leute zu sehen, meist am schlimmsten Tag ihres Lebens. Und mit ihrer jahrzehntelangen Lebenserfahrung war es klar, dass Alice nicht wenige Geschichten zu erzählen hatte.

„Du solltest damit ein Buch schreiben", lachte er, als sie den Highway entlang fuhren. „Ein Projekt für die langen Tage im Büro vielleicht."

„Oh, davon habe ich bereits genug", grinste Alice. „Viel zu viele Forschungsprojekte, die ich weiterführen will, da bleibt keine Zeit für Bücher – selbst wenn ich ein Schreibtalent hätte."

„Forschung? Welche Art von Forschung?"

„Ich interessiere mich für die Physiologie von Gestaltwandlern", erwiderte sie kurz. „Ich habe mein ganzes Leben Menschen studiert, was in Ordnung ist. Und oberflächlich betrachtet gibt es viele Überschneidungen. Meine medizinische Ausbildung reicht auf jeden Fall aus, um zum Beispiel Wunden von Gestaltwandlern zu behandeln. Aber ich habe keine Ahnung, wie man zum Beispiel eine Krankheit bei einem Gestaltwandler heilt."

Daniel runzelte die Stirn. „Was meinst du damit? Gestaltwandler werden nicht krank."

„Leider doch", erwiderte sie. „Nicht oft, das stimmt … Aber wenn wir doch krank werden, dann ist das sehr ernst zu nehmen. Und keiner hat eine Ahnung, was man da tun könnte. Ich habe im ganzen Land Kontakte, verschiedene Gestaltwandler, die sich ebenfalls für Medizin interessieren. Wir stehen miteinander im Austausch. Und ich höre Geschichten von Krankheiten. Sie sind selten, aber dennoch kommt es vor. Und sie enden niemals gut."

„Das ist ganz schön beunruhigend", sagte Daniel stirnrunzelnd. „Ich dachte immer, wir wären … unempfindlich für so was."

„Sind wir auch, zum größten Teil. Wir bekommen die Krankheiten, die Menschen befallen, nicht – virale und bakterielle Infektionen, Krebs, die mit dem Alter und dem Verfall einhergehenden Erscheinungen … Aber es ist nicht so, dass wir nicht krank werden könnten. Und wenn das passiert, kann man nicht viel ausrichten. Herkömmliche Behandlungen helfen da nicht viel."

„Was also ist die Alternative?"

„Magie", antwortete sie nur. „Ich interessiere mich dafür, wie die Magie, mit deren Hilfe wir uns verwandeln, uns dabei helfen kann, uns zu behandeln. Nicht nur für die seltenen Krankheiten, die uns befallen könnten … sondern auch bei schwerwiegenden Verletzungen."

„Irgendwelche Erkenntnisse in letzter Zeit?" Das war faszinierend, und Daniel bereute es, dass er so lange gewartet hatte, um Zeit mit Alice zu verbringen – sie hatte so viele interessante Einblicke.

„Nein, nicht wirklich", seufzte sie. „Ich meine, ich mache mir Notizen und so weiter, aber ich habe nicht genug Zeit, um praktisch zu forschen. Allerdings habe ich da eine Theorie über uns."

„Uns? Du und mich?"

Sie lachte – und war das eine Schamesröte auf ihren Wangen oder war ihr einfach nur etwas warm von der frühen Morgensonne? „Nicht nur du und ich. Wasserdrachen im Allgemeinen. Ich habe eine Theorie, dass es irgendwie mit dem Ozean zusammenhängt. Das Salzwasser, oder vielleicht etwas Tiefergehendes, das etwas mit unserem allgemeinen Gesundheitszustand zu tun hat, sogar mit unseren stärkeren Selbstheilungskräften, wenn wir in unseren menschlichen Körpern sind. Es gibt alte Geschichten, die das Ganze untermauern. Aber die Aufzeichnungen sind schlecht erhalten, es gibt nicht viele konkrete Informationen."

Er nickte und wollte mehr über ihre Arbeit erfahren. Aber sie starrte hinunter in ihren Schoß, eine leichte Röte auf ihren Wangen.

„Mein Gott, ich habe dir das Ohr abgekaut. Tut mir leid. Ich werde jetzt wieder still sein."

„Nein! Das ist total interessant", erwiderte er und sah sie lächelnd an. Aber sie schien nicht überzeugt zu sein. „Ich wünschte, ich wüsste ebenso viel – na ja, überhaupt etwas – wie du über Medizin."

„Du weißt bestimmt eine Menge", sagte sie und neigte den Kopf zur Seite, als sie ihn ansah. „Du weißt, wie man von Null an ein Haus baut. Das ist ziemlich beeindruckend."

„Ach, ich mache nur das, was Bryce mir sagt. Er ist der Experte", erwiderte Daniel achselzuckend.

„Du kannst dich mit Leuten unterhalten. Ich würde einen guten Teil meines Medizin-Wissens dafür tauschen, das auch zu können."

„Das ist ja mal ein Angebot."

„Es ist nicht zu spät dafür. Um … um etwas zu lernen." Sie zuckte die Achseln. „Wir leben lange. Wenn du … etwas lernen könntest. Was wäre das?" Ein neckisches Lächeln huschte über ihr Gesicht. „Was möchtest du werden, wenn du groß bist, Daniel?"

Er schwieg eine Weile. Er wusste, dass sie ihn damit nicht hatte verletzen wollen, aber es war eine schwierige Frage. So lange er denken konnte, hatte er von einem Tag zum anderen gelebt und nie wirklich Zukunftspläne geschmiedet. Sie waren so lange auf Achse gewesen, hatten nur für den nächsten Zahltag, die nächste Party, das nächste interessante Gespräch, die nächste schöne Frau in einer verrauchten Bar an der Straße gelebt. Und ein Teil von ihm hatte diese innere Haltung nicht wirklich aufgegeben, als sie sich niedergelassen hatten. Klar, er hatte auf der Baustelle geholfen, getan, was er konnte, um ihre kleine Siedlung am Laufen zu halten. Aber wenn er an die Zukunft dachte, dann dachte er nie weiter als ein paar Tage. Langsam kam ihm der Verdacht, dass das ein Problem sein könnte.

„Bitte entschuldige“, sagte Alice leise. „Ich wollte damit nicht sagen … Ich meine, ich weiß, dass du erwachsen bist.“

„Ist okay“, erwiderte er und wollte nicht, dass sie sich unwohl fühlte. „Ich … Ich glaube, ich denke einfach nicht oft an die Zukunft.“

„Ich dagegen denke wahrscheinlich zu oft daran“, sagte sie sanft. „Mehr in der Gegenwart zu leben – das wäre vielleicht gut für mich.“

Die restliche Fahrt hindurch schwiegen sie, aber es war eine angenehme Stille, wenngleich eine, die von Gedanken erfüllt war, die für Daniel untypisch waren. Was *wollte* er denn mit seinem Leben anstellen? Wie würde die Zukunft aussehen, wenn er sich erlaubte, an die nächsten Jahre und nicht nur Tage oder Wochen zu denken? Schwer zu sagen – und er war froh, als das Navi anzeigte, dass sie sich ihrem Ziel näherten. Dann war er umgeben von dem Verkehr in LA, der seine Gedanken von der verstörenden Frage nach seiner Zukunft wieder in die Gegenwart brachte.

Die Stadt war der Hammer – viel größer und chaotischer, als es ihm in Erinnerung war. Die Straßen waren verstopft mit Autos und auf den Gehwegen schoben sich Massen von Leuten dahin und genossen die Sonne. Auch Alice blickte durch das Fenster und war offensichtlich ganz erstaunt darüber, wie geschäftig die Stadt war. Sie kamen kurz nach Mittag im Hotel an, und Daniel war froh, als er die Schlüssel für den Truck einem Hotelangestellten übergab, der ihn wegfuhr, und ein paar Hotelboys trugen ihre Koffer rein. Sie betraten die Marmorlobby des glitzernden Gebäudes und blickten sich bewundernd um. Es war ein schönes Hotel, und es war offensichtlich, dass die Konferenz eine Menge Leute angezogen hatte. Menschen mit Koffern stoben hierhin und dahin, Abgesandte verschiedener Organisationen aus dem ganzen Land gingen ein und aus, und die Hotelangestellten bemühten sich redlich, der ganzen Check-ins Herr zu werden.

Der Hotelportier begrüßte sie mit einem strahlenden Lächeln und einem rasend schnellen Willkommen, während seine Hände über die Tastatur vor ihm flogen und er ihre Reservierung aufrief.

„Ah, ja! Sie beide sind von der Halbinsel im Norden. Daniel und Partnerin. Ja, hier ist Ihr Zimmer. Vierter Stock. Hier ist ein Schlüssel für Sie und einer für Ihre Verlobte."

Daniel blinzelte und warf Alice einen Seitenblick zu. Aber bevor er den Portier korrigieren konnte, lächelte dieser bereits wieder und schob ihnen die Schlüssel zu. „Das Zimmer ist für Sie bereit. Es ist wunderschön – war mal unsere Flitterwochen-Suite! Schönes, großes Bett." Der Portier zwinkerte, aber bevor Daniel überhaupt den Mund öffnen konnte, wurden sie bereits von einem der Angestellten zum Aufzug geführt. Bett? Bett im Singular?

Und dann, als sie das Zimmer betraten, sahen sie das riesige Kingsize-Bett, das inmitten des Raumes stand. Ihre Koffer standen bereits ordentlich an dessen Fußende. Der Page wollte offenbar schnell wieder zurück an die Arbeit, aber Daniel hielt ihn auf.

„Entschuldigung – ich hatte um zwei Betten gebeten, nicht eines. Gibt es ein anderes Zimmer?"

Der Page wirkte etwas ungeduldig. „Das ganze Hotel ist an diesem Wochenende ausgebucht, tut mir leid. Wäre das dann alles?"

Daniel blickte besorgt zu Alice, aber zu seiner Überraschung lächelte sie, und das Ganze schien ihr überhaupt nichts auszumachen.

„Was ist daran lustig?"

„Es ist einfach nur komisch, zu sehen, dass dich etwas irritiert", lachte sie. „Hast du wirklich so viel Angst davor, ein Bett mit mir zu teilen?"

„Nein! Ich … dachte nur … ich weiß nicht. Ich hatte gedacht, du willst dein eigenes Bett."

Sie lachte. „Es ist doch nur für ein Wochenende. Solange du nicht schnarchst, ist alles gut." Sie neigte den Kopf mit einem seltsamen Ausdruck im Gesicht zur Seite. „Es sei denn, du hattest vor, jemanden aufzureißen."

Er blinzelte. „Was? Nein."

„Das ist schon okay", sagte sie verlegen. „Ich weiß, was du und James so getrieben habt. Ich will das nicht verurteilen oder so. Nur … also, sag mir rechtzeitig Bescheid, damit ich mich verziehen kann." Sie richtete sich auf, einen entschlossenen Ausdruck im Gesicht. „Ich werde jetzt duschen."

Er sah ihr nach, und immer noch war seine Stirn gerunzelt. Dachte sie das wirklich von ihm, dass er auf einer derartigen Veranstaltung als Erstes überlegte, ob er eine Frau mit aufs Zimmer nehmen konnte? War das der Ruf, den er und James sich durch ihre Eskapaden an jedem Wochenende erarbeitet hatten?

Und warum wollte er ihr so verzweifelt zeigen, dass er nicht der war, für den sie ihn hielt?

Kapitel 5 – Alice

Es war seltsam, zu duschen, während man wusste, dass nebenan jemand war. Sie nahm sich an dem unbekannten Ort Zeit und packte langsam ihre Hygieneartikel aus ihrem Beutel, dann stieg sie in die makellos saubere Dusche und drehte das Wasser auf. Es gab auch eine große Badewanne, wie ihr auffiel. Viel zu groß für zwei Leute allein, da wäre immer noch genügend Platz. Was hatte der Typ an der Rezeption über das Zimmer gesagt – es war ihre Flitterwochen-Suite gewesen, bevor sie in den höheren Stockwerken neue hatten bauen lassen? Das hier sah definitiv danach aus. Das Bett im Zimmer war größer als alle, die sie je zu Hause gesehen hatte. Es würde sich bestimmte beinahe so anfühlen, als würde man es gar nicht mit jemandem teilen. In der Mitte wäre so viel Platz, dass man sich tatsächlich anstrengen müsste, die andere Person im Bett überhaupt berühren zu können.

Ihre Wangen erröteten leicht, als sie an das Bett dachte. Eines mit Daniel zu teilen war nicht gerade Teil ihrer Vorbereitungen für diese Reise gewesen. Mit Daniel im Auto zu sitzen war eigentlich ganz okay gewesen, um nicht zu sagen angenehm. Man konnte sich gut mit ihm unterhalten, wenn er nicht von Leuten umgeben war, angab und mit jedem im Raum lachte und plauderte – der Daniel, den sie kannte, den sie in den vergangenen paar Jahren kennengelernt hatte. Während sie so daran dachte, fiel ihr ein, dass sie nie wirklich Zeit mit ihm allein verbracht hatte. Er hatte überraschend viele gute Ansichten. Er war ein guter Zuhörer, was sie sehr überraschte. Selbst als seine Aufmerksamkeit beim Fahren auf die Straße gerichtet war, hatte sie den Eindruck gehabt, dass er ihr genau zuhörte, dass selbst ihre endlosen Monologe darüber, wie interessant sie ihre Forschungsarbeit fand, auch für ihn irgendwie von Interesse waren.

„Er ist einfach nur höflich, du Idiot“, flüsterte sie laut vor sich hin und wusste, dass das fließende Wasser dafür sorgen würde, dass man sie im anderen Zimmer nicht hören könnte. Es hatte sich so gut angefühlt, im Truck neben ihm zu sitzen … mit ihm zu reden … Eine Autofahrt, von der sie erwartet hatte, dass er ihre doofe Schwärmerei vertreiben würde, hatte nur dazu geführt, dass sie nun noch schlimmer war. Ihr Herz schlug bei dem Gedanken, dass sie das restliche Wochenende mit ihm verbringen würde, ganz heftig. Bei dem Gedanken, dass sie mehr mit ihm sprechen würde, sie zusammen zu Abend essen würden, sie vielleicht etwas näher neben ihm stand, als es sein müsste, die Wärme seiner Schulter zu spüren …

„Verdammt noch mal“, zischte sie und schrubbte ihre Haut mit der Hotelseife noch fester als nötig, als könnte sie sich ihre Verknalltheit wegschrubben, wenn sie es nur fest genug versuchte. Das hier war … das hier war sehr lästig. Sie waren aus geschäftlichen Gründen hier, das war alles. Die Aussicht darauf, ein Bett mit ihm zu teilen, hatte ihr einen Schauer über den Rücken laufen lassen, bevor sie das hatte unterdrücken können. Sie hatte versucht, sich daran zu erinnern, dass Daniel nicht an ihr interessiert war, dass er sie lediglich als gute Freundin betrachtete. Die Schwester seines besten Kumpels, das war alles, was sie für ihn war. Er freute sich wahrscheinlich auf die Konferenz, da er dort eine Menge neuer Leute kennenlernen und mit ein paar interessanten neuen Frauen schlafen konnte. Sie war einfach nur da, um sich Notizen zu machen, wie die brave Schülerin, die sie immer gewesen war.

Dennoch konnte sie die Aufregung darüber, dass sie das Wochenende mit ihm verbringen würde, nicht abschütteln. Die Konferenz selbst würde erst morgen richtig losgehen. Am Morgen würde es Foren und Vorträge geben, zu denen man gehen konnte, und am Nachmittag würde die Kongresshalle für alle Teilnehmer zur Verfügung gestellt, damit sie ihre Stände für ihr jeweiliges Unternehmen aufstellen konnten.

Aber davor gab es das Willkommens-Dinner, und in der Einladung stand, dass es eine halbformelle Veranstaltung war. Sie hatte unter Daniels Sachen ein Anzugsakko entdeckt und musste jetzt ein brennendes Interesse daran unterdrücken, ihn darin zu sehen. Verdammt noch mal, Alice, konzentrier dich, schalt sie sich selbst. Es war eine schöne Gelegenheit, sich schick anzuziehen. Sie hatte seit Jahren ein Kleid ganz hinten in ihrem Schrank, das sie noch nie hatte tragen können. Auf der Halbinsel war alles so lässig, dass man, wenn man etwas Schickeres als Shorts und ein T-Shirt trug, für Aufsehen unter den Bewohnern sorgen würde. Aber heute, nun, heute würde das Kleid seinen ersten Auftritt hinlegen. Unter der Woche hatte sie es in ihrem Haus anprobiert, um sicherzugehen, dass es passte. Und ja, es passte ihr immer noch wie angegossen, als wäre es für sie gemacht worden. Sie freute sich darauf, es wieder anzuziehen, denn es verlieh ihr ein unbekanntes Gefühl von Weiblichkeit. Unbekannt deswegen, weil sie die meiste Zeit über in einem geschlechtslosen Laborkittel herumlief.

Sie tapste wieder ins Zimmer, eingewickelt in ein großes Handtuch. Daniel hatte die Fernbedienung gefunden und zappte sich durch die Sender auf dem Flachbildschirm, der an der Wand vor dem Bett hing. Ihre Augen wurden größer.

„Das ist ein unglaublicher Fernseher. Man hat den Eindruck als würden sie alle fünf Minuten größer und flacher werden.“ Die menschliche Technologie war beeindruckend, und es war schwierig, Schritt zu halten. „Ich erinnere mich immer noch an den Fernseher, auf dem wir die Mondlandung angesehen haben …“

„Menschen sind ziemlich clever“, stimmte ihr Daniel grinsend zu. Er stoppte die Zapperei und hielt bei einer düsteren Szene an – eine Art mittelalterliches Dorf, das gerade inmitten der verängstigten Bewohner niederbrannte. Sie schrien und hielten einander fest, während sie nach oben starrten. Alice’ Augen wurden größer, als man in der nächsten Szene einen riesigen Drachen sah, der feuerspeiend auf das Dorf niederraste.

„Wir sind berühmt“, sagte Daniel lakonisch. „Die Flügel sehen allerdings ganz falsch aus.“

„Wie kommen sie darauf, dass wir Feuer speien können, frage ich mich?“, sagte Alice nachdenklich und vergaß, dass sie nur ein Handtuch trug, als sie sich neben ihn aufs Bett setzte. „Ich kenne einige unterschiedliche Drachenspezies, aber keine von ihnen kann das.“

„Ich habe keinen Schimmer“, erwiderte Daniel achselzuckend. „Vielleicht können wir es, haben aber vergessen, wie’s geht. Genau wie wir vergessen haben, welche Wirkung das Salzwasser auf unsere Selbstheilungskräfte hat, nicht wahr?"

Sie sah ihn an, überrascht und angenehm berührt davon, dass er sich erinnerte, wovon sie im Auto geschwafelt hatte. „Ja. Vielleicht."

„Also, falls du ein neues Projekt suchst, sobald du mit dem einen fertig bist …" Er grinste sie breit an und deutete auf den Fernseher. „Nicht, dass ich irgendwelche Dörfer niederbrennen möchte, aber es wäre ganz praktisch, am Strand ein Feuer anzünden zu können, ohne nach den Streichhölzern zu kramen."

Sie lachte. Eine Weile sahen sie den Film an und schmunzelten über die völlig verzerrte Darstellung des Drachen und buhten, als die menschlichen Helden ihn schließlich erreichten und ihm ein Schwert in den Bauch stießen. Alice setzte sich plötzlich kerzengerade auf, als sie bemerkte, wie spät es war.

„Mist! Das Dinner ist in einer halben Stunde. Wir sollten uns fertig machen."

„Die Zeit vergeht wie im Flug, wenn man sie genießt", lachte Daniel, schnappte sich seinen Kulturbeutel und ging in Richtung Badezimmer. „Ich lass dich allein, damit du dich umziehen kannst."

Sie unterdrückte die Schamesröte, die ihr ins Gesicht steigen wollte, als er die Badezimmertür hinter sich schloss. Er hat es genossen, den Film anzusehen, schalt sie sich selbst. Es hatte nichts mit ihr zu tun. Er war einfach nur ein netter Typ, der mit jedem dagesessen und sich über den Film lustig gemacht hätte. Sie war nichts Besonderes. Dennoch, als sie das Kleid über ihre Schultern streifte und den seitlichen Reißverschluss hochzog, betrachtete sie ihren Körper taxierenden im Spiegel. War sie attraktiv? Das war nie etwas gewesen, über das sie sich Gedanken gemacht hatte. Ihre Freundinnen damals an der Uni hatten ständig ihr eigenes Aussehen kommentiert und bemängelt. Ihre Brüste waren nicht groß genug, ihre Hüften nicht kurvig genug, sie waren zu dick, zu dünn, nicht braun genug, ihre Lippen waren nicht voll genug … da gab es so viel, das mit dem eigenen Körper nicht stimmte. Alice, für die ihr menschlicher Körper wie ein Kostüm war, konnte das nicht nachempfinden. Aber jetzt, als sie sich im Spiegel betrachtete, spürte sie, wie die Unsicherheiten, über die sie bei ihren Freundinnen gelacht hatte, kurz in ihr aufflackerten.

Aber auch Daniel war kein Mensch. Er war ein Drache. Warum würde es ihn interessieren, wie ihr menschlicher Körper aussah? Warum interessierte sie sich eigentlich für seinen? Mein Gott, Schwärmereien waren absurd. Sie konnte es nicht erwarten, dass diese hier endlich ein Ende nahm. Gereizt zog sie ihr Make-up-Täschchen aus ihrem Koffer und hoffte, dass sie sich noch daran erinnern könnte, wie das Ganze funktionierte. Es war schon lange her, seit sie einen guten Grund dafür gehabt hatte, ihr Gesicht anzumalen.

Aber es war ein bisschen wie Radfahren. Ihre Hände schienen sich zu erinnern, wo die einzelnen Farben waren, und rasch verlor sie sich in der recht angenehm kreativen Aktivität namens Make-up-Auftragen. Sie hörte kaum, wie sich die Badezimmertür öffnete. Sie erhaschte einen Blick auf Daniel im Spiegel über ihre eigene Schulter – einen Blick auf einen muskulösen Rücken über einem Handtuch, das um seine Hüften gewickelt war. Sie ermahnte sich streng, sich auf den flüssigen Eyeliner zu konzentrieren, den sie vorsichtig auftrug. Dennoch war sie sich des Mannes hinter sich sehr bewusst, während er sich anzog. Und als sie fertig mit Schminken war, war auch er angezogen, und endlich erlaubte sie sich, sich umzudrehen.

Da stand er nun, blendend aussehend in einem dunkelgrauen Anzug mit einer grünen Krawatte, die perfekt seine roten Haare betonte. Alice musste sich sehr beherrschen, dass ihr nicht die Kinnlade runterfiel. Er sah so anders aus als sonst. Zu Hause hatte er zwei Looks – Beachboy und Bauarbeiter. Dieser Dritte – dieser charmante, Anzug tragende Gentleman, glattrasiert und lässig-elegant – das war zu viel für sie.

Aber auch auf seinem Gesicht lag ein seltsamer Ausdruck. Und auch wenn sie sich fragte, wie sie ihn wohl angesehen hatte, während sie ihn betrachtete, so stellte sie nun fest, dass er wohl gar nicht gemerkt hatte, wie sie ihn ansah, denn er musterte sie aufmerksam und eindringlich. Verlegen zerrte sie am Oberteil ihres Kleides. Es war dunkelgrün, ähnlich der Farbe seiner Krawatte. War der Partner-Look Absicht? Sicher nicht. Niemand hatte sie je in diesem Kleid gesehen.

„Wow“, sagte er leise, nach einer langen Pause, die, wie sie plötzlich bemerkte, über eine Minute gedauert hatte. „Ich habe dich noch nie in einem solchen Kleid gesehen. Du siehst wunderschön aus.“

Diese Schamesröte konnte sie nicht unterdrücken. Sie senkte den Kopf, als sie merkte, dass ihre Wangen zu glühen begannen. Reiß dich zusammen, Alice, er ist einfach nur nett. Er würde seiner Mutter das gleiche Kompliment machen, wenn er sie in einem Kleid sähe … „Danke", brachte sie heraus. „Du siehst selbst ziemlich gut aus."

Er lachte und fuhr sich mit der Hand durchs Haar. „Ja? Ich hätte mir wohl vorher die Haare schneiden sollen. Sind bestimmt etwas zu lang. Aber andererseits, keine Ahnung, was momentan bei den Menschen in ist. Vielleicht habe ich den Nerv der Zeit getroffen."

Sie zuckte die Achseln. „Mit einem Anzug kann man jedenfalls nie was falsch machen. Zeitlos."

„Der neue James Bond hat rote Haare, nicht wahr?" Daniel warf sich in Pose und formte seine Hand zu einer unsichtbaren Pistole. „Wir sollten uns einen Martini holen."

Sie musste lachen. Daniel mochte in seiner für sie unbekannten Kleidung wie ein Fremder aussehen, aber seine Albernheit kam trotzdem durch. „Klar. Lass uns das machen. Sollen wir runtergehen?"

Es war … anders, wie sie da zusammen den Hotelflur hinuntergingen. Daniel blieb nahe neben ihr und bot ihr seinen Arm an, als er merkte, dass die Absatzschuhe, die sie trug, etwas ungewohnt für sie waren. Sie spürte die Wärme seines Körpers und roch den Duft seines Parfums aus nächster Nähe. Das hier machte es ihr nicht gerade leichter, ihre Schwärmerei in den Griff zu bekommen, so viel war klar. Sie versuchte, sich auf ihre Arbeit zu konzentrieren, wohin sie führen würde, was sie hier erreichen wollten, und nicht an einen verlockenden Tagtraum zu denken, der sich seinen Weg an die Oberfläche bahnen wollte. Einen Traum, dass Daniel ihr Rendezvous sei, dass sie sich schick gemacht hatten, um einen romantischen Abend zu zweit zu verbringen, dass sie später unter dem Sternenhimmel tanzen würden und …

Sie schüttelte sich. Herrje, es war schwer, sich zu konzentrieren. Sie machte den Anzug dafür verantwortlich.

Aber der Ballsaal war eine willkommene Ablenkung. Ihr stand angesichts seiner Größe der Mund offen – er war einfach riesig. Entlang der Wände hatte man Tische mit Essen aufgestellt, und eine kleine Armada von Kellnern huschte durch die immer größer werdende Menge und servierte Getränke. Daniel schnappte sich von einem der vorbeigehenden Kellner jeweils ein Glas Champagner für sie beide, dann führte er sie ins Getümmel, angenehm vertraut mit einer so großen Menge. Und zu Alice' Überraschung fühlte sie sich – nun, nicht gerade pudelwohl, aber sie wollte angesichts des vollen Saals nicht schreiend davonlaufen. Sie folgte Daniels Führung und nippte an ihrem Getränk, als sie sich unter die anderen Konferenzteilnehmer mischten. Es waren so viele Leute da – Leute wie sie, die Hotels und Bed and Breakfasts im ganzen Land führten. Warum hatte sie solche Angst gehabt, fragte sie sich, als sie einem älteren Herrn und seinem Partner zuhörte, wie sie davon erzählten, wie sie eine unter Denkmalschutz stehende Villa penibel renoviert hatten und nun als Hotel führten. Das hier war – gut. Das war mehr als gut. Das hier machte Spaß.

Vielleicht war sie gar nicht so introvertiert.

Sie ließ Daniel, der in das Gespräch mit den beiden Männern vertieft war, allein zurück und ging zum Buffet. Normalerweise hätte sie so eine Menschenmenge ihres Appetits beraubt, aber angenehm überrascht stellte sie fest, dass sie hungrig genug war, um etwas von dem köstlich aussehenden Essen zu probieren. Sie stand in der Schlange für ein Kartoffelgericht, das absolut himmlisch duftete, und wäre beinahe mit einem großgewachsenen Mann zusammengestoßen, der sein blondes Haar oben am Kopf zusammengebunden hatte. Sein Blick fiel auf sie und sie spürte die unbeirrbare Gewissheit der Erkenntnis, die sie schon lange nicht mehr gespürt hatte.

Er war ein Gestaltwandler. Und auch er musterte sie. Sie sah, dass seine scharfen gelben Augen sie erkannten. Sie betrachteten einander einen Augenblick lang und nickten sich fast unmerklich zu, dann streckte er ihr seine Hand entgegen.

„Schön, dich kennenzulernen. Ich bin Lawrence."

„Alice", erwiderte sie lächelnd. Was für eine Art Gestaltwandler war er? Er hatte nicht die leuchtend silbernen Augen eines Wolfes, und obwohl sie ganz genau spürte, dass er ebenso ein Gestaltwandler war wie sie, verriet ihr ihr Instinkt nicht mehr als das. Und mit hunderten von Menschen, die sie umgaben, konnte sie ihn ja schlecht fragen, oder? „Was führt dich hierher?"

„Meine Familie und ich, wir führen ein Resort im Osten, in der Nähe von San Bernardino."

Ihre Augen weiteten sich. „Dort bin ich auf die medizinische Fakultät gegangen!"

„Ah ja?" Der Gestaltwandler lächelte und war offensichtlich erfreut, dass sie den Ort kannte. Sie unterhielten sich eine Weile am Buffet und

Alice stellte überrascht fest, dass sie das Gespräch tatsächlich genoss. Lawrence erzählte ihr viel Neues über die Stadt, in der sie vor so langer Zeit gelebt hatte, und sie hörte ihm begierig zu. Keine Spur von weglaufen und sich verstecken wollen. Fühlten sich so normale Leute in einer Situation wie dieser? Mein Gott, wie viel hatte sie verpasst.

Mit dem freundlichen, attraktiven Fremden zu sprechen reichte beinahe aus, um sie von ihrer stetig wachsenden Schwärmerei für Daniel abzulenken.

Beinahe.

Kapitel 6 – Daniel

Daniel stand auf dem Balkon ihres Hotelzimmers und blickte auf den Ozean. Die Lage des Hotels war unglaublich – er hatte gar nicht gewusst, wie nahe sie am Ozean waren. Das hier war offenbar eine ziemlich kostspielige Konferenz. Irgendetwas sagte ihm, dass ein Zimmer in diesem Hotel wohl nicht gerade billig war, besonders während der Hochsaison, wenn die Menschen für etwas Sonne und zum Surfen nach Kalifornien strömten.

Nun, sie würden wohl kaum Zeit für den Strand haben, auch wenn er nur zwei Minuten vom Hotel entfernt war. Das restliche Wochenende über hatten sie einen ziemlich straffen Zeitplan, aber ihm war aufgefallen, dass der Samstagabend keine Termine vorsah. Vielleicht, um den Leuten die Gelegenheit zum Netzwerken zu geben – oder um sich ins Partygetümmel zu stürzen und sich einen anzutrinken, dachte er amüsiert. Am Sonntag gab es weitere Veranstaltungen, aber ihm fiel auf, dass sie zu einer etwas vernünftigeren Zeit, nämlich um 10 Uhr vormittags begannen. Nicht wie diejenigen am Samstagmorgen, die um 8 losgingen. Ausgehen und trinken waren ein wesentlicher Bestandteil von Konferenzen wie dieser, zumindest hatte er das von den Leuten, mit denen er sich am Abend unterhalten hatte, erfahren. Einige Dutzend Nachtklubs lagen nur wenige Gehminuten vom Hotel entfernt. Und sie waren wohl recht frequentiert, wenn die Stadt wegen dieser Konferenz besucht wurde.

Insgesamt war das ein ziemlich guter Abend gewesen. Er hatte zahlreiche Leute aus dem gesamten Bundesstaat kennengelernt, andere

Hotelmanager und -angestellte, Tourismusexperten und solche aus dem Bereich Marketing und PR. Er hatte bereits einige gute Tipps erhalten, besonders von den Marketing-Leuten. Möglichkeiten, anhand der Besonderheiten der Halbinsel eine Marke aufzubauen; wie man eine Geschichte erzählt, um potenzielle Gäste von ihrem Ferienort und all seinen herrlichen Reizen zu begeistern. Beinahe hätte er sich gewünscht, dass er einen Stift dabei gehabt hätte, um sich Notizen zu machen. Aber dafür würde es morgen genug Zeit geben. Alice wäre stolz auf ihn, dachte er grinsend. Tatsächlich lernte er auch etwas und amüsierte sich nicht nur.

Es war in der Tat überraschend angenehm gewesen, sie dabeizuhaben. Er hatte erwartet, dass sie sich in ihr Schneckenhaus zurückziehen würde, schüchtern wie sie war. Aber sie hatte ihn damit überrascht, dass sie ein paarmal alleine losgezogen war, um sich zu unterhalten. Allerdings war sie immer wieder zu ihm zurückgekehrt. Die Leute nahmen an, dass sie zusammen wären. Er hatte den paar Leuten, die ihm anfangs gesagt hatten, was er für eine bezaubernde Frau hatte, erklärt, wie die Situation war. Aber nach einer Weile hatte er achselzuckend aufgehört, sie zu korrigieren. Was machte es schon, wenn ein paar Leute dachten, sie wären zusammen, obwohl sie es eigentlich nicht waren? Schließlich waren sie als Partner hier – wenngleich nicht als romantische Partner.

Dennoch hatte er ein etwas schlechtes Gewissen. Was würde James sagen, wenn er wüsste, dass er Leute glauben ließ, er und seine Schwester seien ein Paar?

Er hatte ein paar Handy-Nachrichten von James erhalten, und in den meisten davon wollte er wissen, ob er bereits jemanden Interessantes kennengelernt hatte. Er lachte innerlich und scrollte durch die Nachrichten, während die kühle Meeresbrise mit seinen Haaren spielte. Typisch James. Er war immer ein Frauenheld gewesen, hatte Daniel immer ermutigt, jeder schönen Frau, die er sah, hinterherzujagen. Und jetzt, da James seine Seelengefährtin gefunden und sich niedergelassen hatte, hatte sich nicht viel geändert, außer seine Absichten. Jetzt wollte er nicht mehr nur, dass Daniel Eroberungen machte; jetzt wollte James, dass auch Daniel seine Seelengefährtin fand.

Er hatte sich natürlich umgesehen. Macht der Gewohnheit. Und es hatte zahlreiche interessante Leute gegeben, mit denen man sich unterhalten konnte, inklusive einiger sehr schöner Frauen, die ihm anerkennende Blicke zugeworfen und ihm zu verstehen gegeben hatten – wenngleich auf subtile Weise –, dass sie interessiert waren, wenn auch er es war. Aber zu seiner Überraschung war sein Interesse noch nicht geweckt worden. Das war eigenartig. Hier war er, weit weg von zu Hause, während des Wochenendes, in einer der aufregendsten Städte der Welt – die Möglichkeiten waren unendlich. Warum also war er an einem One-Night-Stand so desinteressiert?

Er blickte über die Schulter durch die Glastür, die den Balkon von ihrem Hotelzimmer trennte. Da war Alice und entfernte ihr Make-up vor dem Schminkspiegel. Er lächelte etwas angesichts der Sorgfalt, mit der sie ihre Augen mit dem Augen-Make-up-Entferner-Tuch abwischte. Chirurgische Präzision, dachte er. Er hatte ihre geschickten, klugen, gut ausgebildeten Hände immer bewundert. Die Hingabe, mit der sie jede Aufgabe anging, ob alltäglich oder medizinisch. Und es war weiß Gott ein Schock gewesen, sie in diesem Kleid zu sehen. Sie hatte definitiv einige Frauen, die er an diesem Abend getroffen hatte, an Schönheit übertroffen. Ihre Figur in dem Kleid, wie dessen Farbe ihre ozeanblauen Augen betont hatte, das Lächeln, das um ihre Augen gespielt hatte, als er mit ihr gescherzt hatte …

Es war auf jeden Fall gut, sie besser kennenzulernen. Er kam sich etwas dumm vor, dass er das nicht schon früher getan hatte. Schließlich war sie die Schwester seines besten Freundes. Er hätte sich mehr bemühen sollen. Aber wie hätte er wissen sollen, wie interessant sie war, wie lustig, wie einsichtsvoll? Sie war in seiner Gegenwart immer so schüchtern gewesen.

Aber heute Abend war sie nicht schüchtern gewesen. Er runzelte etwas die Stirn bei der Erinnerung an etwas, das währen des Abendessens passiert war, und das bei ihm einen bitteren Nachgeschmack hinterlassen hatte. Sie hatte ihn ein paar Minuten lang allein gelassen und war zum Buffet gegangen. Er war ihr kurze Zeit später gefolgt, nachdem er ein Gespräch mit einer Frau beendet hatte, die ihm etwas über Permakultur auf der Farm im Norden des Bundesstaates erzählt hatte. Er hatte Alice am Buffet gesehen, in ein Gespräch mit einem großen, ziemlich gut aussehenden Typen mit stechend gelben Augen vertieft, der für Daniels Geschmack etwas zu nahe an ihr gestanden hatte. Er hatte schon auf den ersten Blick erkennen können, dass der Typ ein Gestaltwandler war. Sie mussten einander auf diese instinktive Weise, die ihrer Art eigen war, in der Menge ausgemacht haben. Aber etwas an der ganzen Sache, daran, wie sie da zusammengestanden hatten, wie ihre Augen geleuchtet hatten, als sie zu dem Typen aufgesehen hatte, wie er scheinbar zufällig beim Lachen ihre Schulter berührt hatte … nun, es hatte Daniel irgendwie gewurmt. Er hatte, was untypisch für ihn war, eine leichte Wut in sich aufsteigen gespürt, den seltsamen Drang, sie zu beschützen. Sie vor was zu beschützen? Alles, was sie tat, war, mit einem Typen, den sie gerade kennengelernt hatte, zu reden und zu lachen. Sie betrieb Networking, genau wie er es getan hatte. Warum fühlte sich das trotzdem so seltsam an?

Wahrscheinlich war das eine natürliche Reaktion darauf, sie außerhalb ihres Elements zu sehen, redete er sich selbst ein. Sie waren aus einer so abgelegenen Gemeinschaft … hier draußen in der großen weiten Welt – da gab es vieles, das schiefgehen könnte. Da war es nur natürlich, dass er ein Auge auf sie haben wollte, denn genau das Gleiche würde ihr Bruder tun. Das war's doch, oder etwa nicht? Es war einfach nur ein brüderlicher Impuls, sie zu beschützen, das war alles.

James fragte, ob er irgendwelche potenziellen Liebschaften kennengelernt hatte, und er zögerte mit seiner Antwort. Noch nicht, wollte er schreiben, aber das Wochenende ist noch jung. Aber war er wirklich daran interessiert, jemanden aufzureißen? Zu seiner Überraschung war alles, was er jetzt tun wollte, ins Bett zu gehen und am nächsten Morgen früh aufzustehen, bereit, gemeinsam mit Alice alles zu lernen, was ihnen dabei helfen könnte, ihr Unternehmen florieren zu lassen. Was war mit ihm los? Vielleicht wurde er alt, ließ nach – er grinste in sich hinein, als er wieder nach drinnen ging und sich darauf freute, mit Alice darüber zu plaudern, wie der Abend gelaufen war.

Aber zu seiner Überraschung fand er sie fest schlafend im Bett vor, immer noch in ihrem Kleid. Ihr Make-up jedoch hatte sie gründlich entfernt. Er hielt einen Augenblick lang inne und wusste nicht, was er tun sollte. Sicherlich hatte sie nicht vorgehabt, so auf dem Bett, ohne sich zuzudecken, einzuschlafen. Zögernd schlug er die Decke etwas hoch und schob sie dabei behutsam zur Seite. Sie bewegte sich etwas im Schlaf, wachte aber nicht auf. Langsam öffnete er die Schnallen an ihren Schuhen und zog sie von ihren Füßen. Dann schob er sie so vorsichtig, wie er konnte, ins Bett und zog die Decke über sie.

Sie würden sich am nächsten Morgen unterhalten, dachte er und hielt inne, um ihr friedlich schlafendes Gesicht zu betrachten. Ohne Make-up sah sie mehr aus wie die Alice, die er kannte. Und er zögerte etwas und stellte ein bisschen überrascht fest, wie schön sie eigentlich war. Diese vollen Lippen, die hohen Wangenknochen, wie ihr dunkles, lockiges Haar auf ihrer Wange lag … Warum war ihm das nicht schon vorher aufgefallen?

Er lag länger als sonst wach und war sich des Abstands zwischen ihnen im Bett deutlich bewusst. Es hatte eine Kingsize-Größe und es war breit genug, sodass sie sich beide ausstrecken konnten, ohne einander zu berühren. Dennoch konnte er nicht anders, als daran zu denken, wie nahe sie war, wie ihre Brust sich sanft bei jedem Atemzug hob und senkte. Was, wenn er am nächsten Morgen aufwachte und merkte, dass er sich während des Schlafs näher an sie heranbewegt hatte, dass ihre Körper sich beinahe berührten? Wäre sie böse auf ihn? Oder wäre sie … Aber er schlief inmitten dieser Gedanken ein und träumte seltsame, verstörende Träume darüber, wie er jemanden in einer Menschenmenge folgen wollte.

Der nächste Tag brach strahlend und hell heran, und er wachte von dem Sonnenlicht auf, das hell durch das Fenster auf seine Augenlider fiel. Er kräuselte die Nase, als er sich aufsetzte, um ihm zu entfliehen. Alice bewegte sich neben ihm im Bett, und er hörte, wie sie unwillig aufstöhnte, als sie sich aufsetzte.

„Oh Mann. Bin ich echt in meinem Kleid eingeschlafen?“

„Ja, bist du“, erwiderte er und sah sie an. Plötzlich fiel ihm ein, dass er sich am Abend vorher bis auf seine Boxershorts ausgezogen hatte, bevor er ins Bett gestiegen war. Er hielt die Decke um seine Hüften gewickelt und kam sich etwas nackt vor, als sie ihn verschlafen von der anderen Seite des Bettes anblinzelte. Das war irgendwie seltsam. Gestern hatte er sich nicht so gefühlt, als er sich umgezogen hatte, während sie am Schminktisch saß.

„Warum hast du mich nicht geweckt?“

„Du hast so friedlich geschlafen“, erwiderte er achselzuckend. Ein seltsamer Ausdruck huschte über ihr Gesicht. Eine Art Verlegenheit, aber auch ein Lächeln, das sie zu verbergen versuchte, indem sie ihren Kopf senkte. Er hatte den eigenartigen Drang, seine Hand auszustrecken und ihren Kopf wieder zu heben, damit sie ihn ansah. Dann blinzelte er und war überrascht über diesen plötzlichen Impuls.

„Also. Ich werde versuchen, heute Abend nicht so früh wegzunicken“, sagte sie und stand auf. „Macht es dir was aus, wenn ich zuerst dusche?“

„Überhaupt nicht“, antwortete er und deutete etwas ungelenk auf das Badezimmer. „Fühl dich wie zu Hause.“ Warum war er plötzlich so verlegen? Was war passiert? War er auf einmal besessen von einem Dämon der Befangenheit?

Er hatte am Vorabend geduscht, also zog er sich an, während sie im Bad war. Sobald er angezogen und bereit für den Tag war, kam er sich etwas weniger verletzlich vor als vorhin in ihrer Gegenwart. Als sie, in ein Badetuch gewickelt, aus dem Bad tapste, wandte er den Blick ab, da er sie nicht verlegen machen wollte, indem er sie anstarrte. Er murmelte eine Entschuldigung und huschte ins Bad, damit sie sich ungestört anziehen konnte.

Sie gingen gemeinsam nach unten, um zu frühstücken. Heute trug sie etwas vertrautere Kleidung – eine Jeans und eine hübsche Bluse, etwas, das sie eher am Strand oder unter ihrem Laborkittel in der Krankenstation tragen würde. Es gab ein riesiges Frühstücksbuffet für die Gäste der Konferenz und er lächelte und winkte ein paar Leuten, die er am Vorabend kennengelernt hatte, zu.

„Willst du Hallo sagen? Ich kann auch alleine essen“, hob Alice an, aber er schüttelte den Kopf.

„Auf keinen Fall. Wir müssen den Plan für den heutigen Tag schmieden.“

Ihr Gesicht erhellte sich. „Ich dachte, du hasst es, Pläne zu machen.“

„Ich habe mich damit angefreundet“, erwiderte er und grinste sie an, als sie sich an einen Tisch setzten und den Plan für heute ausbreiteten. „Ich will heute nichts verpassen. Diese Konferenz könnte genau das Richtige sein, damit wir unseren Ferienort bekannt machen.“

Sie schmiedeten einen Plan für den heutigen Tag und labten sich währenddessen an einem Teller mit Gebäck und einer Tasse heißen Kaffees. Kurze Zeit später hatten sie den gesamten Morgen verplant. Sie würden getrennt voneinander so viele Foren und Informationsstände besuchen, wie sie konnten, dann würden sie sich wieder zum Mittagessen treffen und einander erzählen, was sie erfahren hatten und was sie am

Nachmittag machen würden. Als sie fertig gefrühstückt hatten, trennten sich ihre Wege an der Tür zum Speisesaal. Daniel spürte einen Knoten im Magen, als er Alice auf dem Weg zu ihrem ersten Vortrag nachblickte. Es machte Sinn, sich zu trennen, um mehr Informationen zu sammeln. Aber ein Teil von ihm wäre lieber mit ihr mitgegangen.

Aber bald wurde er von seinen Aufgaben in Beschlag genommen. Er hatte nie eine Uni besucht oder sonst eine formelle Ausbildung gemacht, aber er hatte den Eindruck, dass er hier eine Ahnung davon bekam, was das bedeutete. Es gab einfach so viel zu lernen, und man musste sich so viele Notizen machen. Mit Hilfe von Social Media sein Unternehmen bekannt machen, mit Hilfe des Internets eine Marke aufbauen, die subtilen Unterschiede zwischen Marketing, Werbung und PR – ihm schwirrte der Kopf von all den Notizen, die er sich machte. Und als er sich wieder mit Alice zum Mittagessen traf, hatte das Schwirren nicht nachgelassen. Auch sie hatte einen leicht verwirrten Ausdruck im Gesicht, allerdings ging sie mit den Dingen, die sie gelernt hatte, deutlich besser um als er – und ihre Notizen waren deutlich ordentlicher als seine.

„Ich dachte, dass Ärzte eine unleserliche Handschrift hätten“, sagte er und blickte auf die mit Farben hervorgehobenen Seiten voller Notizen, die sie sich gemacht hatte. Sie lachte.

„Menschliche Ärzte vielleicht“, erwiderte sie leise und ihre Augen funkelten. Er grinste und spürte einen seltsamen Schauer, der ihm bei ihrem verschwörerischen Tonfall über den Rücken lief. Was war heute nur mit ihm los? Warum hatte er so eine gute Zeit hier mit Alice? Er hatte noch nie so … viel Interesse an ihr gehabt.

Bald war es Nachmittag. Sie waren beide einem kleinen Stand in der Halle zugeteilt worden, wo sie rasch die Unterlagen ausbreiteten, die er mitgebracht hatte – und dann ging der Trubel so richtig los. Hunderte von Leuten kamen vorbei – nicht nur andere Tourismusexperten, sondern auch ganz normale Leute, potenzielle Urlauber, die neugierig darauf waren, welche Schätze Kalifornien zu bieten hatte. Es schien, als würde die Konferenz auch von anspruchsvollen Touristen besucht, und bald hatten sie keine Flyer mehr von ihrer Siedlung.

„Ich bin so froh, dass wir noch welche mitgebracht haben“, sagte Daniel und öffnete einen neuen Karton. Alice grinste ihn an.

„Hab ich’s dir doch gesagt. Lieber einen zu viel als einen zu wenig. Danach kann man sich gut richten.“

„Also normalerweise bin ich dafür, Risiken einzugehen. Aber in dieser Sache hast du absolut recht. Ich bin so froh, dass du da bist“, sagte er aufrichtig und lächelte sie an, als er weitere Flyer aus dem Karton holte. „Ehrlich. Mir macht das hier richtig Spaß. Ich kann nicht glauben, dass wir nie viel Zeit miteinander verbracht haben.“

Dieses strahlende Lächeln breitete sich auf ihrem Gesicht aus. Ein echtes Lächeln von der Art, das auch ihre Augen erfasste. „Mir macht das hier auch viel Spaß …“ hob sie an, aber bevor sie den Satz zu Ende reden konnte, fiel ein Schatten auf den Tisch und sie wandte sich mit einem überraschten Gesichtsausdruck von ihm ab.

„Oh! Lawrence, hey! Wie läuft es mit eurem Stand?“

Aus irgendeinem Grund verkrampfte sich Daniels Herz, als auch er sich dem ihm bekannten Typen zuwandte, der vor ihrem Stand lungerte. Großgewachsen, blondes Haar, stechende gelbe Augen … Das hier war der Typ, mit dem Alice am Abend zuvor geredet hatte, der Typ, der bei Daniel ein Gefühl des Unmuts hervorgerufen hatte. Der andere Gestaltwandler. Daniel war sich ziemlich sicher, dass er ein Kojote war. Er hatte noch nie viel Zeit mit Kojoten verbracht, aber er hatte ein oder zwei während seiner Zeit auf Achse kennengelernt. Normalerweise reisten sie in Gruppen, großen Familienverbünden. Ein wenig wie Wölfe, aber während die Rudel neuen Mitgliedern gegenüber offen waren, waren die Kojotengruppen nur Mitgliedern der eigenen Familie vorbehalten. Als Folge davon hatten sie den Ruf, verschlossen zu sein.

„Mit dem Stand läuft’s super. Ihr habt langsam keine Flyer mehr, oder?“, erwiderte der Typ und wandte den Blick kaum von Alice ab. Daniel räusperte sich und Alice zuckte zusammen.

„Oh, entschuldige! Lawrence, das hier ist Daniel, mein guter Freund von zu Hause. Er macht bei uns fast das ganze Marketing“, erläuterte sie, aber Lawrence schienen Daniels Aufgaben nicht sonderlich zu interessieren. Daniel wusste immer, wann er gemustert wurde. Er merkte es an dem taxierenden Blick, mit dem der Typ ihn von oben bis unten betrachtete, und an seinem etwas zu festen Händedruck. Er drückte ebenso fest zurück und lächelte ihn charmant an. Auch er wusste, wie man dieses Spiel spielte.

„Schön dich kennenzulernen, Lawrence.“

Aber Lawrence verschwendete keine Zeit mit ihm. Er verwickelte Alice in ein Gespräch, irgendwas über San Bernardino, wo der Kojote gemeinsam mit seiner Familie ein Resort führte. Daniel versuchte, sich in das Gespräch einzubringen, aber da weiterhin viele interessierte Leute an ihren Stand kamen, hatte er zu viel zu tun, um sich zu unterhalten. Schließlich räusperte er sich leicht gereizt.

„Lawrence, macht es dir was aus, wenn wir jetzt hier weitermachen? Ist ganz schön viel los. Wahrscheinlich geht es eurem Stand ebenso."

Der Kojote hob eine Augenbraue. Daniel merkte, dass sein Ton wohl etwas schärfer gewesen war, als er es beabsichtigt hatte. Aber der Typ kapierte den Wink. Er verabschiedete sich von Alice, dann verschwand er in der Menge. Daniel spürte seine stechenden gelben Augen immer noch auf sich.

„Was sollte das denn?", fragte Alice, offensichtlich etwas irritiert über sein Verhalten. „So viel ist nun auch wieder nicht los. Magst du ihn etwa nicht?"

Er öffnete den Mund, dann schloss er ihn wieder, da er nicht wusste, was er darauf erwidern sollte. Lawrence hatte einfach nur etwas an sich, das ihn reizte. Aber was genau war das? Hatte es etwas damit zu tun, wie er mit Alice sprach? Und wie sollte er ihr das erklären?

Glücklicherweise überschwemmte nun eine Gruppe interessierter Urlauber ihren Stand, und sie waren beide zu beschäftigt, um Fragen zu beantworten und ihr Gespräch fortzusetzen. Aber Daniel wurde das subtile, bange Gefühl in seiner Magengegend nicht los, das er bekommen hatte, als er bemerkte, wie Lawrence Alice ansah. Dieser Typ hatte irgendetwas an sich … etwas, dem er nicht traute.

Oder lag es vielleicht an Alice, dass er den Wunsch hatte, sie zu beschützen?

Kapitel 7 – Alice

Es war ein langer, ermüdender Tag … aber Alice war voller Adrenalin. Der Morgen war ziemlich chaotisch gewesen, aber sie hatte sehr viel gelernt. Und dann erst die Möglichkeit, an dem Stand zu sehen und mit möglichen künftigen Besuchern ihrer Halbinsel zu sprechen! Sie liebte es. Es war so gut, diese Kontakte herzustellen und ihren Namen bekannt zu machen. Bei jedem Flyer, den sie austeilte, musste sie innerlich grinsen, denn sie wusste, dass sie ihm einem potenziellen Gast gab. Das bedeutete mehr Geld für die Siedlung, mehr Möglichkeiten für eine Vergrößerung. Es bedeutete neue Energie für die Siedlung, neues Leben … ein Ende der Sorgen der vergangenen Jahre, der Sorgen, dass ihr kleines Projekt es nicht schaffen würde. Sie hatten bereits so viele Interessenten … und so viele Ideen, wie sie ihr kleines Stück des Paradieses in ihrer Zielgruppe bewerben konnten.

Und es war so schön, Zeit mit Daniel zu verbringen. Er hatte sie damit überrascht, wie er die Konferenz angegangen war, wie genau er während der Foren und Vorträge aufgepasst hatte, die ausführlichen – wenngleich etwas unordentlichen – Notizen, die er gemacht und die er ihr gezeigt hatte. Sie hatten mehr als genug Infos, um eine erfolgreiche Marketingkampagne für ihre Siedlung aufzuziehen. Und auch eine Menge Ideen für ein erweitertes Angebot. Aktivitäten, an denen ihre Gäste teilnehmen konnten, Orte, zu denen sie gehen konnten, Touren, die man ihnen anbieten konnte. Sie freute sich besonders darauf, den Gästen Spaziergänge in der Natur anzubieten, auf denen sie die zahlreichen indigenen Tier- und Pflanzenarten auf der Halbinsel würden ausmachen können.

Und der Stand war ein Bombenerfolg gewesen. Sie hatten beinahe alle ihre Flyer verteilt, und sie wusste, dass das Telefon zu Hause bei all den eintrudelnden Reservierungen kaum noch stillstehen würde. Aber zu ihrer Überraschung war Daniel nicht genauso überwältigt und aufgeregt wie sie es war, als die Ausstellungshalle schloss und sie zurück in ihr Hotelzimmer gingen. Auf seinem Gesicht lag ein seltsamer Ausdruck, als würde ihm etwas zu schaffen machen. Sie wollte ihn fragen, was es war … aber sie hatte das Gefühl, sie wüsste es bereits. Es hatte etwas mit Lawrence zu tun. War es vielleicht so, dass sie sich kannten, dass zwischen ihnen etwas vorgefallen war, in das sie nicht eingeweiht war? Gestaltwandler kannten einander oft … Und zwischen Daniel und Lawrence war so eine seltsame Spannung gewesen, als sie einander in die Augen geblickt hatten.

„Alles okay bei dir?“, fragte sie, als sie in ihrem Stockwerk ankamen. „Du wirkst etwas abwesend.“

Er blickte auf sie hinunter, immer noch mit gerunzelter Stirn und diesem seltsamen Ausdruck. Aber dann schüttelte er den Kopf, und der verschlossene Ausdruck wurde von einem Lächeln abgelöst. „Mir geht’s gut. Nur ein bisschen müde, glaube ich. Verrückter Tag.“

„Du sagst es! Aber so ergiebig. Ich kann’s kaum erwarten, das, was wir gelernt haben zurück nach Hause auf die Halbinsel zu bringen. Ich glaube wirklich, dass uns das hier enorm weiterhelfen wird“, sagte sie. Er lächelte auf sie hinunter und sie kämpfte gegen das schwindelerregende Gefühl an, das dieses Lächeln in ihr auslöste. Die geschäftliche Seite dieses Businesstrips mochte gut laufen, aber ihr anderes Projekt – Operation Werde diese Schwärmerei los – war bis jetzt ein totaler Reinfall. Wenn überhaupt, dann hatte diese Zeit mit Daniel sie noch schlimmer gemacht.

Aber sie hatte einen Plan, der ihr vielleicht helfen könnte. Zumindest würde er sie etwas ablenken. Es war schön gewesen, Lawrence heute Nachmittag zu sehen. Er hatte sie absichtlich ausfindig gemacht, und das fand sie ziemlich schmeichelhaft. Und als er vorgeschlagen hatte, dass sie den Abend miteinander verbrachten, hatte sie zugestimmt und war dabei nur ein wenig aufgeregt gewesen. Sie war natürlich schon oft zu Verabredungen gebeten worden, aber das war schon lange, lange her.

Das letzte Mal in ihren Uni-Zeiten, um ehrlich zu sein, als sie meistens selbst diejenigen Anfragen abgelehnt hatte, die interessant klangen, da sie zu viel zu tun gehabt hatte. Ihre Karriere war ihr immer wichtiger gewesen als Romantik. Aber hier, umgeben von neuen Leuten, erfreut über die Entdeckung, dass sie gar nicht so schlecht im Umgang mit anderen Menschen war, wie sie immer gedacht hatte … Nun ja, es schien ihr eine durchaus geeignete Gelegenheit zu sein, wieder auszugehen. Lawrence war ein attraktiver Typ. Sie empfand ihm gegenüber nichts, das auch nur ansatzweise ihrer doofen Schwärmerei für Daniel ähnlich war. Andererseits kannte sie ihn auch erst seit einem Tag. Schließlich war es doch so, dass man ein paarmal ausging und darauf wartete, dass sich Gefühle entwickelten, oder etwa nicht?

Das Zimmer war in ihrer Abwesenheit sauber gemacht worden. Alice lächelte, als sie das frisch gemachte Doppelbett sah, mit neuen Handtüchern an dessen Fußende – und ein paar Mintschokolade-Täfelchen. Daniel schnappte sich eines und warf ihr das andere zu – offenbar hatte er ihre Gedanken gelesen. Sie lächelte, als sie es auspackte und in ihren Mund schob.

„Sollten wir damit nicht bis nach dem Abendessen warten?", zog sie ihn auf.

„Oh, Mist. Das stimmt. Dann sollte ich wohl jetzt besser die Polizei rufen", sagte er schwer atmend, griff nach dem Telefon auf dem Nachttisch und hielt sich den Hörer ans Ohr. „Hallo? Polizei? Hier hat ein Mint-Verbrechen stattgefunden …"

Sie lachte und warf ihm das Papier entgegen. Er grinste sie an und streckte sich auf dem Bett aus. Ein seltsamer Ausdruck huschte über sein Gesicht, dann räusperte er sich und fragte: „Alice? Ich habe mich gefragt …"

Es war untypisch für ihn, so zu zögern. Ihr flatterte der Magen, aber sie versuchte, cool zu wirken. „Ja?"

„Wir waren den ganzen Tag im Hotel. Hast du vielleicht Lust, dass wir gemeinsam in die Stadt gehen, vielleicht was essen und dann sehen, ob der Strand mit unserem mithalten kann?"

Sie biss sich auf die Lippe. Ein Teil von ihr schrie, dass sie nichts lieber täte, als mit Daniel zu Abend zu essen und mit ihm am Strand spazieren zu gehen. Aber sie hatte bereits Lawrence zugesagt. Es wäre doch unhöflich, ihn sitzen zu lassen, oder? Er hatte sie zuerst gefragt …

und er hatte sie tatsächlich zu einem Rendezvous eingeladen. Daniel wollte einfach mit ihr abhängen, redete sie sich ein und versuchte, ihr heftig pochendes Herz zu beruhigen. Er hatte nichts zu tun, also wollte er etwas mit ihr unternehmen. Sie war einfach nur eine gute Freundin … einfach nur die Schwester seines besten Freundes. Sie durfte es nicht zulassen, dass sie ihm wegen ihrer Verliebtheit für den Rest ihres Lebens wie ein treuer Welpe nachrannte. Wenn sie ihren Seelengefährten finden wollte, wie es so viele ihre Freunde zu Hause getan hatten, dann müsste sie schon etwas aktiver sein. Also lächelte sie, schüttelte den Kopf und versuchte, nicht zu viel in die Enttäuschung auf seinem Gesicht hineinzuinterpretieren.

„Entschuldige, Daniel, das würde ich gerne, aber ich … ich habe zugesagt, dass ich schon mit jemand anderem zu Abend esse."

Auf seinem Gesicht zeichneten sich Neugier und Misstrauen ab – aber sie sah, dass er versuchte cool zu wirken, als er fragte: „Mit wem?"

„Äh, Lawrence, um ehrlich zu sein. Dem Typen, den du heute am Stand kennengelernt hast. Groß, blondes Haar …"

„Ja, ich erinnere mich an ihn." Das war definitiv ein Stirnrunzeln. Aber bevor sie ihn fragen konnte, warum er so wütend dreinblickte, hatte er sich abgewandt, war auf die andere Seite des Bettes gerollt und hatte sich die Fernbedienung geschnappt, um den Fernseher anzumachen. Das Gedüdel von Werbesendungen erfüllte das Zimmer. „Alles gut. Viel Spaß dann …"

„Entschuldige", versuchte sie es erneut, aber Daniels Gesicht war abwesend.

„Es ist okay. Ich wollte sowieso etwas Zeit alleine verbringen. Ich bestelle mir Zimmerservice, schaue etwas fern. Lass dir so viel Zeit, wie du willst."

Sie ging ins Bad, um sich fertigzumachen, und biss sich auf die Lippe. War er beleidigt, weil sie ihn abgewiesen hatte? War es möglich, dass er … eifersüchtig war, dass sie mit jemand anderem ausging? Diese unaufhörliche Stimme in ihrem Kopf machte sich wieder bemerkbar und verlangte, dass sie augenblicklich wieder ins Zimmer ging und sich in seine Arme warf. Aber Alice hatte bereits genügend Übung darin, diese Stimme zum Schweigen zu bringen, also stieg sie stattdessen in die Dusche. Sie schrubbte das süßlich duftende Shampoo in ihre Locken und versuchte, Daniel aus ihren Gedanken zu vertreiben. Er war einfach nur müde, das war alles. Müde und übel gelaunt nach einem langen Tag. Wie er gesagt hatte, eine Nacht für sich allein würde ihm guttun.

Nach der Dusche zog sie sich um, ein anderes Kleid, das sie vor langer Zeit gekauft und kaum getragen hatte. Ein leuchtend rotes mit einem etwas kürzeren Rockteil als dasjenige, das sie vergangene Nacht getragen hatte. Sie schminkte sich auch im Badezimmer, da sie sich einredete, dass sie Daniel nicht beim Ausruhen stören wollte.

Lawrence wollte sie um sechs unten treffen, und sie stellte fest, dass sie beinahe zu spät dran war. Dennoch hielt sie im Türrahmen inne. Sie spürte Daniels Blick auf sich, als sie aus dem Bad kam und sich ihre Schuhe nahm. Aber sie widerstand dem Drang, ihn anzusehen, unsicher darüber, wohin genau er mittlerweile seinen Blick gerichtet hatte. Und als sie an der Tür stehen blieb, waren seine Augen fest auf den Fernseher gerichtet. Sie öffnete den Mund, um Auf Wiedersehen zu sagen. Dann schloss sie ihn wieder und ging wortlos hinaus. Sie unterdrückte den seltsamen Drang, zu weinen. Aus den Augen, aus dem Sinn, redete sie sich ein und versuchte, sich nicht in endlosen Gedankenschleifen zu verlieren oder in Bedauern zu versinken. Sie konnte tun und lassen, was sie wollte. Er hatte kein Recht, stinkig zu sein, nur weil sie nicht nach seiner Pfeife tanzte.

Als sie die Lobby erreichte, hatte sie ihre Gefühle so weit unter Kontrolle, und sie war entschlossen, den restlichen Abend ohne weitere Gedanken an Daniel zu verbringen. Lawrence war noch nicht da, obwohl es bereits kurz nach sechs war. Sie setzte sich an die Hotelbar und schickte ihm eine Nachricht mit der Info, wo er sie finden konnte. Dann genehmigte sie sich ein Glas Rotwein, während sie wartete. Sie hatte das nach einem so hektischen Tag verdient. Außerdem war sie schon seit Jahrzehnten nicht mehr auf einem Date gewesen, und ein Drink, der ihre Nerven beruhigte, schien eine gute Idee zu sein.

Endlich tauchte Lawrence auf. Er trug immer noch den gleichen Anzug wie vorhin. Nicht gerade der richtige Dresscode für einen Ausgehabend … und er hob angesichts ihres Kleides eine Augenbraue.

„Du hast dich umgezogen."

„Ja, ich dachte, wir würden ausgehen?"

„Wozu denn? Alle Essen im Hotel sind inklusive", erwiderte Lawrence herablassend und ging in Richtung des Hotelrestaurants, ohne darauf zu achten, ob sie ihm folgte. Sie trank ihren Wein rasch aus und lief ihm nach, etwas überrascht von dieser neuen Art. Vielleicht war auch er müde? Warum war jeder Mann, mit dem sie sprach, heute Abend so schlecht gelaunt?

Was dann folgte, wurde leider nicht besser. Alice musste sich auf die Unterlippe beißen, als sie sich an einem der Tische im Restaurant niederließen. Aus irgendeinem Grund dachte Lawrence, dass er auch für sie bestellen müsste – eine Art Salat, von dem sie noch nie gehört hatte, wo sie doch schon den ganzen Tag Lust auf einen Burger hatte. Sie korrigierte die Bestellung bei der Bedienung, die ihre Wünsche aufnahm, und bestellte stattdessen einen Burger. Aber ihr entging die kurz aufflackernde Wut auf seinem Gesicht nicht, bevor er lachte.

„Du bist eine von diesen modernen Feministinnen, häh?", fragte er mit erhobener Augenbraue. Die Bedienung warf Alice einen kurzen, aber sehr vielsagenden Blick zu. Das universell verständliche, wortlose „Bist du dir sicher mit diesem Typen?", zu dem alle Frauen fähig waren. Aber sie schüttelte ihr Bedenken von sich. Gestern Abend, als sie sich unterhalten hatten, war er sehr höflich gewesen, vorhin während des Nachmittags ebenfalls – vielleicht war er einfach nur nervös. Oder er versuchte, witzig zu sein? Sie würde sein Verhalten vorerst entschuldigen.

Sie unterhielten sich, während sie auf ihr Essen warteten … oder, um genau zu sein, Lawrence sprach. Sie hörte zu, öffnete ein paarmal ihren Mund, um etwas dazu beizutragen, aber er redete einfach ungeniert weiter, offensichtlich mehr daran interessiert seinen Monolog fortzusetzen, als zuzuhören, was sie zu sagen hatte. Er erzählte ihr von seiner Familie, ihrem Ferienresort, wie ihr Unternehmen gewachsen war, wie viel er dazu beigetragen hatte, dass alles glatt lief … Er war definitiv der Star in jeder seiner Geschichten, daran bestand kein Zweifel. Endlich kam ihr Essen – und er hob eine Augenbraue, als sie anfing, ihre Pommes zu essen, die Beilage zu ihrem Burger.

„Du weißt, dass allein in den Pommes rund 400 Kalorien stecken."

Sie blinzelte ihn irritiert an.

„Nun, Frauen brauchen lediglich 1.200 Kalorien pro Tag. Also hast du da schon ein Drittel deines Kalorienbedarfs gedeckt, und da ist noch nicht mal dein Burger mit drin. Du willst doch nicht etwa fett werden, oder?"

Sie hob eine Augenbraue. „Die Stoffwechselrate hängt von deutlich mehr Faktoren ab als nur dem Geschlecht. Das wird schon passen."

„Nun gut, du gräbst dir gerade dein eigenes Grab. Fettleibigkeit ist eine Epidemie. Nicht nur unter Menschen", fügte er mit leicht gesenkter Stimme hinzu. „Du solltest meine Schwester sehen. Sie ist ein richtiger Fettarsch. Ich sorge mich nur um dich."

Alice öffnete ihren Mund und schloss ihn wieder, etwas entsetzt darüber, wie Lawrence über seine Familie sprach. Und etwas irritiert darüber, dass er anscheinend vergessen hatte, welchen Beruf sie ausübte. Denn er startete einen Monolog darüber, wie die Fettleibigkeit in Amerika sich epidemisch ausgebreitet hatte. Nicht nur vereinfachte er stark, was ein recht komplexes Thema war, und verwechselte einige der Daten und Fakten, sondern es wurde auch mehr als deutlich, dass es ihm weniger um Gesundheit ging als darum, dass Frauen so aussahen, wie er es von ihnen erwartete.

„Ich meine, schau dir mal die Frau hinter dir an", sagte er und zeigte mit seiner Gabel auf sie. Alice drehte sich nicht um. „Sie ist eine Fünf, aber sie wäre eine Sieben wie du, wenn sie vielleicht zehn Kilogramm abnehmen würde …"

„Okay", sagte Alice entschlossen und legte ihre Gabel nieder. „Ich werde jetzt zurück in mein Zimmer gehen."

„Ich begleite dich."

„Das ist wirklich nicht nötig …"

„Nein, ich begleite dich."

Sie holte tief Luft und wusste nicht, wie sie diesem Typen klarmachen sollte, dass sie nichts mehr von ihm wissen wollte. Die Art, wie er sie ansah, jagte ihr einen Schauer über den Rücken, und plötzlich wünschte sie sich, dass sie an diesem warmen kalifornischen Abend eine Jacke dabei hätte, damit sie ihren Körper damit bedecken könnte. Beim Gehen legte er besitzergreifend eine Hand auf ihren unteren Rücken und sie unterdrückte ein Schaudern. Wie konnte jemand, der anfangs so vernünftig gewirkt hatte, plötzlich mit solch seltsamen Ideen daherkommen? Und das schon beim ersten Date? Lag es vielleicht an seinem Alter? Sie wusste nicht viel über Kojoten und ob sie ähnlich kurz wie Menschen lebten, aber von Lawrence hatte sie definitiv den Eindruck bekommen, dass er deutlich unreifer war als sie … und deutlich unreifer als Daniel, um ehrlich zu sein. Und das wollte was heißen. Daniel war nicht unbedingt der vernünftigste Mann, aber er schlug diesen Typen um Längen.

„Gute Idee, von den ganzen Leuten wegzukommen“, sagte Lawrence, als sie den Hotelflur entlanggingen. „Jetzt können wir uns endlich unterhalten. Du bist eine Drachin, richtig? Ich gehöre zu der größten Familie von Kojoten in Kalifornien. Du hast wahrscheinlich von uns gehört.“

„Ich kenne keine Kojoten“, erwiderte sie und versuchte dabei, neutral zu klingen. Aber er ignorierte sie und schwadronierte weiter darüber, wie wichtig seine Familie war, wie wichtig ihr Unternehmen sei und wie dringend er eine Frau brauche, die genügend Verständnis von Geschäftsdingen besaß, um ihn in seiner Arbeit zu unterstützen.

„Und du bist Ärztin“, sagte er. „Das bedeutet, dass du klüger bist als die meisten Frauen. Und wenn du deine Karten richtig ausspielst, sorge ich dafür, dass du nie wieder arbeiten musst“, sagte er und beugte sich mit einem Lächeln zu ihr, das sie noch vor ein paar Stunden anziehend gefunden hätte. Aber jetzt wäre sie am liebsten aus ihrer Haut gefahren. „Was sagst du? Ich glaube, wir zwei wären ein ziemliches Power-Pärchen.“

„Wir sehen uns später, okay, Lawrence?“ Sie trat behände zur Seite, als er sich noch weiter vorbeugte und versuchte – da war sie sich zu ihrem größten Entsetzen sicher –, sie zu küssen. Hinter ihr schlossen sich die Aufzugtüren und er blieb verwirrt und etwas verärgert im Aufzug zurück. Sie rannte wie der Blitz den Flur entlang zum Hotelzimmer.

Wenn das Dating war, dachte Alice benommen, dann würde sie ernsthaft darüber nachdenken, ein Dutzend Katzen zu adoptieren und sich der Einsamkeit zu verschreiben.

Kapitel 8 – Daniel

Daniel lag mit einem steifen Hals auf dem Bett und war total deprimiert, als sich die Tür des Hotelzimmers hinter Alice schloss. Sie war unterwegs zu einem Date. Einem Date mit diesem Kojoten, den er kennengelernt hatte. Dem großgewachsenen Typen mit den strengen gelben Augen und der selbstgefälligen Art. Warum gab ihm das das Gefühl, als hätte man ihn in die Magengrube geschlagen? Das war doch ihre Sache, oder etwa nicht? Er sollte sich für sie freuen. Sie war immer so schüchtern gewesen, es war schön zu sehen, wie sie etwas aus ihrem Schneckenhaus herauskam, sich mit anderen unterhielt und neue Leute kennenlernte. Vielleicht war dieser Kojote ihr Seelengefährte. Vielleicht würde Lawrence zu ihnen auf die Halbinsel ziehen und seine Verwandtschaft mitbringen …

Daniel stieß bei diesem Gedanken ein kehliges Knurren aus und zappte nervös durch die zahlreichen Fernsehprogramme. Er würde nicht weiter darüber nachdenken. Was auch immer Alice tat, er selbst fühlte sich pudelwohl so allein. Also schnappte er sich die Speisekarte für den Zimmerservice, entschlossen, sich mithilfe von Essen abzulenken.

Eine halbe Stunde später saß er inmitten eines absoluten Festschmauses. Die Speisekarte für den Zimmerservice hatte so viel zur Auswahl, also hatte er sich dagegen entschieden, nur ein einziges Gericht zu bestellen, sondern wollte von allem ein bisschen haben. Sie hatten seinem Wunsch Folge geleistet. Er hatte mehrere Schalen mit Pasta, ein paar Pizzen, verschiedene Teller mit frisch zubereitetem Fleisch, von dem ihm das Wasser im Mund zusammenlief … und auch die

Nachspeise war unterwegs. Er grinste in sich hinein, fand etwas Stumpfsinniges im Fernsehen und begann zu essen. Es war eine Realityshow, stellte er während des Essens fest, eine relativ neue Erfindung. Einige Dutzend menschliche Männer lebten mit einer einzigen Frau gemeinsam in einem Haus, die, wie es schien, einen von ihnen als ihren Partner auszuwählen hatte. Die Sendung hatte es ihm völlig angetan. Der Frau fiel es schwer, sich zwischen zwei der Männer zu entscheiden. Mit dem einen schien sie sich gern zu unterhalten … aber der andere gefiel ihr vom Aussehen besser. Einer von ihnen musste gehen – aber wer?

Sein Handy klingelte und riss ihn aus seiner Träumerei. Er runzelte die Stirn, als er rasch sein Stück Pizza im Mund kaute, um rangehen zu können. Es war James, der sich nach ihm erkundigen wollte.

„Und? Wie sind die Klubs in LA? Immer noch gut?“ Ihre kleine Gruppe war in den frühen 90ern oft in der Stadt unterwegs gewesen. James dachte offensichtlich immer noch an diese wilden Nächte. Daniel blickte auf sein dekadentes Zimmerservice-Essen und hatte ein leicht schlechtes Gewissen.

„Äh, weiß nicht. Hatte noch keine Gelegenheit, auszugehen.“

„Na ja, es ist ja erst acht. Noch hat ja nichts Vernünftiges auf. Aber letzte Nacht bist du nicht ausgegangen?“

Er dachte an den schönen Abend, den er gestern mit Alice beim Essen verbracht hatte. Dann daran, wie er sie mit Lawrence hatte reden sehen, und sein Ausdruck verfinsterte sich wieder. „Nein. Keine Zeit.“

„Bestimmt wirst du eine super Zeit haben, Mann. Hey, wie geht’s meiner Schwester? Macht sie gut mit? Oder hat man sie zu Tode gequatscht?“

„Es geht ihr gut.“ Er wusste nicht genau, was er sagen wollte, denn er hatte es vermieden, an Alice zu denken. Er hatte den seltsamen Wunsch, James nach ihr zu fragen. Ob er wohl wüsste, was sie mit diesem Typen machte, wie weit sie eventuell gehen würde? Aber das ging ihn ja eigentlich nichts an, oder? „Sie hat ein Date, um ehrlich zu sein“, sagte er und versuchte, die Verbitterung in seiner Stimme nicht durchklingen zu lassen.

James klang zutiefst schockiert. „Ein was? Mann, pass bloß auf. Meine Schwester wurde durch ein Alien ersetzt.“

Daniel musste lachen. „Ich weiß. Sie ist definitiv besser im Umgang mit Leuten, als sie es sich selbst eingesteht."

„Wer ist der Typ? Ist er ihr Seelengefährte? Oh Mann, ich hätte auf die Wette mit Lachlan eingehen sollen …"

„Ich weiß nicht. Vielleicht?" Er fühlte sich unwohl. „Sie hat ihn erst gestern kennengelernt. Er ist ganz nett. Ein Kojote."

„Ah ja? Ich kenne ein paar Kojoten. Sehr familienorientiert, diese Typen. Aber du klingst nicht begeistert."

„Weiß nicht. Habe kein so gutes Gefühl bei ihm. Aber sie ist erwachsen. Sie kann tun und lassen, was sie will."

„Das ist irgendwie süß."

„Was?", fragte Daniel abwehrend.

„Nur … also, dass du sie beschützen willst. Es ist gut zu wissen, dass sie außer mir noch einen Bruder hat, der auf sie aufpasst, weißt du?"

Daniel konnte nicht anders, als darüber zu lächeln. „Ja, also. Ich weiß, wie aufdringlich Männer sein können, aus eigener Erfahrung. Ich würde nicht wollen, dass sie bei einem Typen deines Kalibers landet."

„Autsch", lachte James. „Na gut, ich muss los. Und sag mir Bescheid, wie die Klubs sind! Ich erwarte Geschichten von unerhörter Frivolität, wenn du wieder zu Hause bist, okay?"

Daniel legte auf und fühlte sich etwas schuldbewusst. Unerhörte Frivolität … na ja, einige Zimmerservice-Bestellungen konnten da schon dazugerechnet werden, aber irgendwie hatte er den Verdacht, dass das nicht das war, was James gemeint hatte. Was war los mit ihm? An jedem anderen Wochenende, in einer aufregenden Großstadt wie LA, mit einer freien Nacht … nun, da wäre er schon längst auf der Piste und würde ausgelassen feiern. Stattdessen lag er hier im Bett und labte sich am (zugegebenermaßen köstlichen) Zimmerservice und versank in Selbstmitleid. Selbstmitleid wegen was? Weil Alice andere Pläne hatte? Ja, es wäre schön gewesen, mit ihr auszugehen, mit ihr über die Konferenz zu reden. Eine der größten Überraschungen an diesem Wochenende war gewesen, wie angenehm er ihre Gesellschaft fand. Aber sie hatte andere Pläne gehabt. Und das war in Ordnung. Absolut in Ordnung. Ihm machte das nichts aus.

Genervt von der Fernsehsendung (die Frau hatte sich entschieden und romantische Musik erfüllte den Raum), zappte er zu einer Sportsendung und stand auf. Die Nacht war noch jung, hatte James gesagt. Wenn es um Klubs ging, dann war der Vibe umso besser, je später man kam. Es gab immer noch genügend Zeit zum Ausgehen. Vielleicht würde auch er jemanden kennenlernen. Vielleicht würde er seine Seelengefährtin kennenlernen. Dann würde er es Alice und ihrem doofen Kojoten-Freund zeigen.

Er war gerade dabei, sein Hemd zuzuknöpfen, als er hörte, wie die Tür aufging und eine ihm wohlbekannte Stimme leicht genervt aufstöhnte. Überrascht, dass Alice schon so früh wieder zurück war, hielt er beim Ankleiden inne. Und da war sie und sah genauso bezaubernd aus wie in dem Moment, als sie gegangen war – aber ihr Gesichtsausdruck ließ vermuten, dass sie keinen schönen Abend gehabt hatte.

„Alles okay bei dir?"

„Sind alle Männer heutzutage totale Nieten? Hat sich so viel verändert, seit wir auf die Halbinsel gezogen sind?"

Daniel hob eine Augenbraue. „Das Date lief also gut, nehme ich an."

„Er hat nicht aufgehört, zu reden. Nicht ein einziges Mal. Und was er gesagt hat, war absolut widerlich. Wie Frauen auszusehen haben, wie sie sich verhalten sollen, dass ich, wenn ich meine Karten richtig ausspiele und nicht fett werde, ihn heiraten könnte, damit ich meinen Job an den Nagel hängen kann und, ich weiß nicht, den lieben langen Tag nach seiner Pfeife tanze."

Daniel unterdrückte ein Lachen. Warum freute er sich so, dass Lawrence sich als totaler Mistkerl herausgestellt hatte? „Er klingt wie ein äußerst angenehmer Partner."

„Ach, total. Die Hochzeit feiern wir dann im Frühjahr, denke ich." Sie ließ sich schwer aufs Bett fallen und presste vor lauter Verzweiflung ihre Hände auf ihre Stirn. „Was für eine Zeitverschwendung." Dann setzte sie sich auf und sah all die Essensreste herumliegen. Verwirrt blickte sie ihn an. „Hattest du jemanden zum Abendessen da?"

Daniel zögerte und war versucht, zu lügen. Aber etwas hielt ihn davon ab. „Äh. Nein, ich … war nur ganz hin und weg von der Speisekarte für den Zimmerservice."

Ihr Mundwinkel verzog sich leicht nach oben. „Pass besser auf. Lawrence kommt gleich rein und hält dir einen Vortrag über die Fettleibigkeitsepidemie …"

„Sehr witzig."

„Du musst dir allerdings wohl keine Sorgen machen. Etwas sagt mir, dass sein Interesse an Gesundheitsthemen mehr damit zu tun hat, dass er Frauen vorschreiben will wie sie sich zu verhalten und wie sie auszusehen haben.“ Sie erschauderte. „Gut. Und das ist das Letzte, was ich über ihn sagen werde. Das hier ist nie passiert, einverstanden?“ Ein reumütiges Lächeln huschte über ihr Gesicht. „Ich hätte deinen Vorschlag annehmen sollen. Ein Strandspaziergang wäre viel schöner gewesen als diese Horrorshow.“

„Dafür ist es noch nicht zu spät.“ Wieder ermutigt, deutete Daniel auf den Nachthimmel. „Ich meine, es ist etwas zu dunkel für einen Spaziergang am Strand, aber die Nacht hat ja gerade erst begonnen. Ich hatte überlegt auszugehen und mich ins Nachtleben zu stürzen. Willst du mitkommen?“

Sie blinzelte. „Wirklich?“ Ein verhaltener Ausdruck huschte über ihr Gesicht. „Bist du sicher, dass ich dir die Nacht nicht vermiesen würde? Es könnte schwierig sein, zu flirten, wenn du eine Frau mithast …“

Er schüttelte vehement den Kopf. „Schau dich an. Du siehst toll aus. Es wäre schade, wenn dieser grässliche Kojote der Einzige wäre, der dich so sehen würde. Geh mit mir aus. Lass uns dein Kleid ausführen.“

Das überglückliche Lächeln auf ihrem Gesicht und ihr zustimmendes Nicken ließen ein seltsames Gefühl in seiner Brust entstehen, als wäre sie voller Licht. Was hatte das zu bedeuten? Nichts, sagte er streng zu sich selbst. Alles, was es bedeutete, war, dass er eine gute Freundin aufgeheitert hatte. Das war alles. Außerdem – er freute sich, aus dem Hotelzimmer rauszukommen. Es war eine wunderschöne Nacht, und nun hatte er eine wunderschöne Frau dabei, die ihm Gesellschaft leistete. Kein Wunder, dass er sich gut fühlte. Überragend gut, um ehrlich zu sein. So hatte er sich seit Monaten nicht gefühlt …

Es klopfte leise an der Tür. Alice runzelte die Stirn und sah etwas besorgt drein. „Wenn das Lawrence ist …“

„Ich mache auf“, beruhigte Daniel sie. Aber es war nicht Lawrence. Es war ein amüsiert grinsender Kellner mit einer Schale Schokoladenmousse auf einem Tablett, garniert mit Erdbeeren. Daniel nahm ihm dankend das Tablett ab und trug es ins Zimmer, wo Alice ihr Make-up im Spiegel auffrischte. „Gute Nachrichten. Ich hab vergessen, dass ich auch ein Dessert bestellt habe.“

„Diese Nacht wird immer besser“, erwiderte sie fröhlich und ein Grinsen breitete sich auf ihrem Gesicht aus. Sie setzten sich auf die Bettkante und aßen die Mousse zusammen auf. Dann erhob Daniel sich und bot ihr einen Arm mit einer kleinen Verbeugung an.

„Wollen wir?“

„Lass uns das Zuckerhoch ausnutzen“, kicherte sie und ihre Augen leuchteten. Und dann gingen sie zusammen hinaus in den warmen kalifornischen Abend.

In der Stadt war die Hölle los. Er hatte vorhin ein bisschen nach den örtlichen Klubs recherchiert und einen Schlachtplan zurechtgelegt. Um die Ecke gab es eine entzückende kleine Cocktailbar, kaum größer als ein Loch in der Wand, wo sie natürliche, biologische Zutaten aus der Region verwendeten. Er bestellte ihr einen Erdbeer-Daiquiri, denn als sie das Dessert gegessen hatten, hatte sie erwähnt, dass sie Erdbeeren liebte. Und nach einem kurzen Zögern bestellte er sich das Gleiche. Warum sich nicht etwas Leckeres gönnen, auch wenn es rosa war und mit einem kleinen Schirmchen serviert wurde? Er musste ihr doch nichts beweisen.

„Ich kann mich nicht erinnern, wann ich das letzte Mal getrunken habe“, sagte Alice zu ihm, als sie sich an einen kleinen Tisch an der quirligen Straße setzten. Sie schloss die Augen, als sie einen Schluck von ihrem Cocktail nahm, offensichtlich mit großem Genuss. „Oh mein Gott. Okay. Ich trinke. Ich bin eine Trinkerin.“

Er lachte und blickte sie lange über den Tisch hinweg an. Dann fiel ihm auf, dass er sie anstarrte, und sie legte den Kopf schief und musterte ihn neugierig. Er räusperte sich. „Hey. Ich genieße es hier total.“

Sie lächelte. „Ich auch.“

„Ich wünschte, wir hätten zu Hause mehr Zeit miteinander verbracht. Ich habe das Gefühl, als hätte ich einiges verpasst mit dir.“

Sie senkte den Kopf und wurde über und über rot, was ihr ein unglaublich süßes Aussehen verpasste. „Was meinst du damit? Ich war doch immer da.“

„Ja, aber … Ich meine, wir haben nie viel Zeit miteinander verbracht. Mir war nicht klar, wie … Ich weiß nicht. Wie viel Spaß es macht, mit dir abzuhängen.“ Warum war er so nervös? Er war doch unglaublich gut darin, mit Leuten zu reden. Das war sein einziges Talent. Warum war er plötzlich mit Alice – einer Frau, die er seit Jahrzehnten kannte – so befangen?

„Ich bin eine Langweilerin", erwiderte sie leise und zuckte die Achseln. „Mein Bruder hat all die Spaß-Gene geerbt."

„Das stimmt nicht", entgegnete Daniel entschieden. „Schau uns doch an. Wir sind in der Stadt und trinken Cocktails. Das ist doch Spaß. Du stellst dein Licht unter den Scheffel."

Sie zuckte die Achseln und sah nicht gerade überzeugt aus. „Ich weiß nicht. Ich bin eine gute Ärztin, aber all diese zwischenmenschlichen Dinge … Ich weiß nicht. Ich halte lieber an meinen Stärken fest, das ist alles."

Vielleicht lag es am Alkohol, vielleicht an der angenehmen Atmosphäre des Abends, oder es war die niedergeschlagene Art, wie sie auf ihre Hände hinunterblickte. Aber Daniel streckte plötzlich die Hände aus und nahm sie bei der Hand. Sie sah ihn überrascht an. Und da war noch etwas anderes in ihren Augen. Etwas Verhaltenes. Etwas, das sie deutlich zu verbergen versuchte. „Du hast zahlreiche Stärken, Alice. Verkauf dich nicht unter Wert. Du bist heute auf ein Date gegangen. Das ist ziemlich mutig."

„Das war ein Desaster!"

„Das sind sie in der Regel!" Er lachte und hielt ihre Hand immer noch in der seinen. Warum fühlte sich das so natürlich an? „Komm schon. Was hältst du davon, wenn wir tanzen gehen?"

Sie zögerte und blickte auf ihren halb leeren Cocktail. „Ich weiß nicht. Dates sind eine Sache, aber tanzen …" Er neigte den Kopf und sah sie mit seinem flehendsten Blick an. Er wusste genau, wie wirkungsvoll sein Hundeblick sein konnte. Und tatsächlich merkte er, dass sie langsam nachgab. „Gut", sagte sie schließlich mit einem Lächeln auf den Lippen. „Aber du musst sagen, wo. Und ich brauche davor noch einen Drink. Ich war schon seit mindestens vierzig Jahren nicht mehr in einem Nachtklub …"

„Ach, an denen ändert sich nie etwas", sagte er vergnügt und ging zur Bar, um die nächste Runde zu bestellen. Diesmal holte er ihnen Shots. Die kleine Bar hatte zahlreiche interessante Kombis. Er bestellt etwas, das „Jelly Donut" genannt wurde, da er ihre Vorliebe für Süßes nicht vergessen hatte. Sie stießen mit ihren Gläschen an, bevor sie sie hinunterkippten.

„Gut", sagte Alice, und ihre Augen leuchteten auf eine Art, dass ihm ganz eng und komisch in der Brust wurde. „Lass uns tanzen gehen."

Es war das Natürlichste auf der Welt, ihre Hand in die seine zu nehmen, als sie die Straße entlanggingen. Da er mit dieser Art von Dingen Erfahrung hatte, merkte er, dass die anderen Männer sie ansahen und die schöne Frau an seiner Seite auscheckten. Aber mit ihrer Hand in seiner traute sich keiner, sie anzumachen. Der Alkohol verlieh ihm Flügel und so konnte er den Wunsch, auf sie aufzupassen, leicht als brüderlichen Impuls abtun. Männer konnten ganz schön derb sein, er wollte nur sichergehen, dass keiner sie blöd anmachte, damit sie den Abend genießen konnte. Das war alles. Oder?

Er führte sie in einen Klub, von dem er viel Gutes gehört hatte. Zu seiner Freude gab es keine lange Schlange und der Typ an der Tür winkte sie rein, nachdem er Alice wohlwollend angesehen hatte. Sie blickte sichtlich verwirrt zu Daniel auf, sobald sie drinnen waren.

„Gibt es keinen Eintritt? Zahlen wir drinnen, oder …"

„Nicht für jemanden, der aussieht wie du", erwiderte er und lächelte sie an. Aber sie sah immer noch verwirrt aus. „Klubs machen ein besseres Geschäft, wenn sie voll mit schönen Frauen sind", erläuterte er. Sie machte große Augen und er legte den Kopf zur Seite. „Dir … dir ist doch klar, wie gut du aussiehst, oder?"

Und wieder errötete sie, das war so unglaublich anziehend. „Ich meine … ich … es ist doch nur ein altes Kleid, ich …"

Er beugte sich nach unten zu ihrem Ohr, als sie den Klub betraten. Die Musik war bereits so laut, dass er lauter sprechen musste. „Jeder Mann hier drinnen wird mit dir tanzen wollen. Garantiert."

Sie sah zu ihm auf. Sie hatten den Rand der Tanzfläche erreicht. Der Beat dröhnte und zahlreiche verschwitzte Körper tanzten dazu und bewegten sich anmutig. Er spürte, wie sein Herz schneller zu schlagen begann und mit der Musik mithalten wollte. Aber er war sich auch bewusst, wie ihr Körper auf der vollen Tanzfläche näher an seinen gekommen war. Er konnte den Duft ihres Shampoos und ihres Parfums riechen.

„Und was ist mit dir?", fragte sie, und ihre Stimme war beinahe zu leise, um sie bei der lauten Musik zu hören. „Willst du mit mir tanzen?"

Und er konnte nicht anders. Er zog sie in seine Arme auf die Tanzfläche und gab sich der Musik hin.

KAPITEL 9 – ALICE

Alice konnte sich nicht erinnern, wann sie das letzte Mal so viel gelacht hatte. Der ganze Abend verging wie im Flug. Das fürchterliche Abendessen mit Lawrence kam ihr vor, als wäre es hundert Jahre her gewesen. Vielleicht lag es am Alkohol, dachte sie benommen, als Daniel sie auf der Tanzfläche umherwirbelte. Sie trank selten so viel … Das letzte Mal, dass sie mehr als vielleicht ein oder zwei Gläser Wein gehabt hatte, war zu ihren College-Zeiten gewesen. Und das war schon Jahrzehnte her. Vielleicht machte der Alkohol sie locker, sodass sie nun ausgelassen lachte und sich so frei und glücklich fühlte, dass sie beinahe den Boden unter den Füßen verloren hätte und abgehoben wäre. Vielleicht lag es an der Stadt – den Lichtern, dem Lärm, den Leuten, die ausgelassen feierten.

Oder vielleicht an Daniel. Vielleicht war es diese neue Verbindung, die Tatsache, dass sie so gut miteinander auskamen. Die Tatsache, dass sie seine Gesellschaft wirklich und ehrlich genoss, jetzt, da sie genug Zeit mit ihm verbracht hatte, um hinter das zu blicken, was – das war ihr nun unmissverständlich klar geworden – bislang eine ziemlich oberflächliche Verknalltheit gewesen war. Zumindest war sie verglichen mit dem, was sie jetzt empfand, ziemlich oberflächlich gewesen. Atemlos stolperte sie auf ihn zu, spürte die Wärme seines Körpers, als er sie auffing, spürte wie ihr ganzer Körper bei seiner Berührung erbebte, als wäre er ein Magnet und sie ein Haufen Metallspäne. Sie verlor gerade wirklich all ihre Hemmungen, nicht wahr? Er grinste auf sie herab, einen fragenden Ausdruck im Gesicht, und sie lachte erneut.

„Ich bin betrunken!“, rief sie über die Musik hinweg. Auch er lachte und beugte sich nach vorne, damit sie ihn hören konnte. Sie spürte, wie seine Lippen ihr Ohr streiften, und ihr ganzer Körper kribbelte.

„Ich auch!“

Sie lächelte, als ein neuer Song gespielt wurde, und wandte sich wieder der Tanzfläche zu. Dann kreischte sie auf, als sie spürte, dass ihr Fuß unter ihr nachgab. Daniel war sofort neben ihr und stützte sie, und sie fluchte verärgert, als sie merkte, woran das gelegen hatte. Der Absatz von ihrem Schuh war abgebrochen. Sie beugte sich nach unten und zog ihn sich vom Fuß, dann stand sie unsicher auf dem anderen Fuß, während sie den Schuh hochhob und ihn Daniel zeigte.

„Oh nein, du wurdest lahmgelegt!“

„Ich habe mir wortwörtlich die Schuhe durchgetanzt“, sagte sie betrübt. „Nun muss ich den ganzen Weg zurück zum Hotel hopsen.“

„So gern ich das auch sehen würde“, erwiderte Daniel nachdenklich, „so habe ich doch eine bessere Idee.“

Und bevor sie darauf etwas entgegnen konnte, hatte er seine Arme um sie gelegt. Und sie kreischte, halb vor Angst und halb vor Entzücken, als er sie hochhob, als wäre sie leicht wie eine Feder. Lachend hielt sie sich an ihm fest, als er sie von der Tanzfläche wegtrug, und die umstehenden Leute blickten sie amüsiert an.

„Wir sollten besser nach Hause gehen“, sagte Alice schweren Herzens. „Wenn mein kaputter Schuh kein Zeichen ist …“

Daniel nickte und ging in Richtung der Treppe. Sie kicherte etwas, als er sie vorsichtig die Stufen hochbalancierte und darauf achtete, dass ihr Kopf nicht gegen irgendetwas schlug. Wollte er sie wirklich den ganzen Weg zurück zum Hotel tragen? Sah so aus. Sie würde sich nicht beschweren. Die Nachtluft war etwas kühl, als sie nach draußen traten, und die Wärme seines Körpers war ein willkommener Schutz gegen die Kälte. Und es war ohne Zweifel beinahe unerträglich schön, gegen ihn gepresst zu werden. Mit seinen starken Armen hielt er sie fest an sich und trug sie nach Hause. Sie widerstand dem Drang, ihre Augen zu schließen. Die angenehme Wärme des Alkohols und ihrer durchtanzten Nacht verliehen ihr ein herrliches Gefühl. Schon lange hatte sie es aufgegeben, weiter gegen ihre Gefühle für Daniel anzukämpfen. Sie war Hals über Kopf in ihn verliebt, da gab es keinen Zweifel. Besonders nicht mit dem

Alkohol, der wie eine Art inneres Wahrheitsserum fungierte. Sie konnte sich nichts mehr vormachen. Sie hatte sich in ihn verliebt … heftig.

Und wenn er sie lediglich als gute Freundin betrachtete – nun, das war okay. Sie hatte nun schon so lange im Stillen gelitten. Jetzt lebte sie nur im Moment, freute sich, dass er ihr seine Zeit schenkte, seine Aufmerksamkeit und seine Gesellschaft … und seine Arme, als sie sich ihren Weg zurück zum Hotel bahnten. Schließlich setzte er sie im Aufzug ab, und sie kicherte ein bisschen angesichts der Tatsache, wie unsicher sie auf den Beinen war. Als sie etwas schwankte, nahm er ihre Hand und stützte sie – sie beugte sich nach unten, um sich den anderen Schuh auszuziehen, und spürte die kühlen Fliesen des Aufzugs unter ihren nackten Fußsohlen. Dann sah sie in sein Gesicht.

Sie waren sich die ganze Nacht lang nahe gewesen. Es war nötig gewesen in dem lauten Klub, sie musste sich nahe zueinander beugen, um sich hören können. Sie hatte sich beinahe an das Gefühl gewöhnt, sein Gesicht so nahe an sich zu spüren. Seine wunderschönen Augen, die ständig gekräuselt waren, da er stets lächelte oder beim Erzählen irgendeines Witzes strahlte. Aber hier, hier in diesem stillen Hotel, gab es keinen Grund für ihn, sich so nahe zu ihr zu beugen. Und dennoch tat er es. Er war ganz nah. Viel näher als nötig, mit einem seltsamen Ausdruck im Gesicht, so als würde er etwas zurückhalten. Sie öffnete den Mund, um etwas zu sagen, hatte den unwiderstehlichen Drang, die Spannung zu lösen, sich von ihm wegzudrücken, diesen seltsamen Bann, der über sie gekommen war, zu brechen. Aber bevor sie etwas sagen konnte, küsste er sie.

Ihre natürliche Reaktion darauf war es, zu erstarren. Jedes Mal, wenn sie geküsst worden war – in den wenigen erfolgreichen Dates, die sie in ihrem Leben gehabt hatte –, hatte sich ihr Körper versteift und war vor lauter Unsicherheit ganz gelähmt gewesen. Vielleicht war das der Grund, warum sie mit den meisten Männern, mit denen sie ausgegangen war, nie viel weiter als bis zum Abschiedskuss gegangen war. Sie hatten diese Lähmung als Desinteresse oder mangelnde Chemie interpretiert. Vielleicht hatten sie recht gehabt. Denn keine dieser unangenehmen Begegnungen hatte sich auch nur ansatzweise so angefühlt wie diese hier. Als Daniel sie küsste, fühlte es sich an, als käme die Flut zurück, als würden ihr die Füße unter dem Boden weggezogen, als würden die zerbrechlichen Sandmauern, die sie gegen Gefühle wie diese errichtet hatten, niedergerissen.

Und zu ihrer Überraschung erstarrte ihr Körper nicht. Im Gegenteil. Ihre Hände lagen auf seinem Nacken, ihre Finger gruben sich tief in seine herrlichen Haare. Sie waren so weich, wie sie es sich immer in ihren Tagträumen vorgestellt hatte. Ihr ganzer Körper reagierte auf ihn, ihr Oberkörper drückte sich gegen seine Brust. Sie hatte sich auf die Zehenspitzen gestellt, um näher an ihm zu sein, derart war ihr Überschwang, mit dem sie seinen Kuss erwiderte. Und, mein Gott, es fühlte sich … es fühlte sich absolut richtig an. Wie der erste Schluck Wasser, wenn man gar nicht gemerkt hatte, wie durstig man war. Wie als würde man endlich ausatmen, wenn man sein ganzes Leben lang den Atem angehalten hatte.

Die Aufzugtüren öffneten sich mit einem leisen Ding und sie stoben beide auseinander, als hätte man ihnen einen Elektroschock versetzt. Sie hatte vergessen, wo sie war, dachte sie benommen, und starrte zu Daniel hoch, der genauso aussah, wie sie sich fühlte. Als wäre er zutiefst erschüttert von ihrem Kuss. Sie starrten einander lange an, völlig regungslos. Dann räusperte Daniel sich.

„Wir sollten nach drinnen gehen“, sagte er. Seine Augen waren voller Verlangen und unaussprechlicher Dinge. Die Art, wie er sie ansah – sie hatte sich noch nie so verletzlich gefühlt, so *gesehen.*

„Ja“, erwiderte sie leise. Sie gingen gemeinsam den Flur entlang, mit einer Fußbreite Abstand zwischen sich, die vor Energie zu knistern schien. Sie wartete an der Tür, als er seine Karte durch den Schlitz zog, um die Tür zu öffnen. Ihr ganzer Körper war reglos, ihr Herz pochte wild in ihrer Brust, aber ihr Geist war ruhig, beinahe leer. Und dann waren sie drinnen und die Tür schloss sich hinter ihnen. Das Zimmer war genauso, wie sie es verlassen hatten, etwas durcheinander (allerdings hatte der Zimmerservice die Teller weggetragen, fiel ihr vage auf). Seltsam, wie ein Ort sich genau gleich anfühlen konnte, obwohl sich doch so viel verändert hatte.

Er trat nun nahe an sie heran, langsamer als im Aufzug, seine Augen auf ihrem Gesicht. Sie wurden nur durch das Mondlicht erhellt, das durch die offenen Vorhänge fiel, und Schatten tanzten auf Daniels Gesicht, als er näher und näher kam. Sie stand regungslos da, ihr Körper zitterte nicht vor Angst, sondern vor Verlangen, vor Lust, mit dem unmissverständlichen Drang, ihn in ihre Arme zu nehmen und … was?

Das würde sie gleich herausfinden.

Als er sie diesmal küsste, nahm sie die Aufschläge seines Jacketts in die geballten Hände und zog ihn zu sich herunter, denn ihr fehlte die zusätzliche Höhe, die ihre Absätze ihr verliehen hatte. Sie spürte seine Hände auf ihren Hüften, ganz behutsam. Aber dennoch sandte diese Berührung einen Schauer durch ihren Körper, und ein leises Stöhnen entfloh ihrem Mund, als seine Hände ihren unteren Rücken hinabglitten und sie näher an ihn drückten. Beinahe ohne ihren Willen knöpften ihre Finger sein Hemd auf. Sie wäre angesichts ihrer Forschheit vor Scham rot angelaufen, wenn ihr Verstand nicht gerade voll damit beschäftigt war, ihn so leidenschaftlich und intensiv zu küssen, wie sie konnte. In ihr war ein animalisches Verlangen, das lange vor sich hin geschlummert hatte und nun endlich aufwachte. Es fühlte sich tatsächlich so an, als hätte sie Feuer im Leib, als würde etwas sie drängen, endlich freigelassen zu werden. Es fühlte sich, stellte sie erstaunt fest, etwas wie Magie an. Wie die Kraft, die sie durchfuhr, wenn sie ihre Gestalt verwandelte.

Auch er spürte es, das merkte sie, als sie in sein Gesicht sah, die Spannung in seinem Kiefer bemerkte, an der Art, wie seine Hände zitterten, als er zärtlich ihren Nacken streichelte und sie näher an ihn zog. Er konnte das gleiche wilde Verlangen spüren wie sie.

„Halte dich nicht“, flüsterte sie und ihre Hände streichelten seinen Körper und drängten ihn, beherzter mit ihr zu sein, härter. „Halte dich nicht zurück.“

„Ich will dir nicht wehtun …“

Sie knurrte ungeduldig, erwischte ihn am Handgelenk und zog ihn mit sich zum Bett. Ein kleiner Teil von ihr staunte über ihre Courage, über ihre Forschheit. Ein paar Stunden zuvor hätte der Gedanke, ihn nur an der Hand zu berühren, ihr Herz wild pochen lassen. Sie schlang die Arme um ihn … und bevor er sie aufhalten konnte, hatte sie ihn mit sich aufs Bett gezogen. Sein gesamter Körper drückte sie nieder auf die weiche Decke.

Endlich schien er den Wink zu kapieren und sie stöhnte leise vor Lust, als seine Hände – schneller nun, härter – über ihren Körper fuhren, den Reißverschluss ihres Kleides fanden und es mit geübter Hand hinunterzogen. Sie wand sich daraus und kickte es übers Bett, gierig danach, seine Hände auf ihrer Haut zu spüren, jetzt, da kein Stoff mehr dazwischen war. Sie stöhnte, als er seinen Kopf senkte und Küsse entlang ihres Halses verteilte und entlang ihrer Brust. Er knabberte an ihren Schlüsselbeinen und sein heißer Atem strich über ihre Brust, als seine Hände nach unten glitten. Er streichelte ihre schlanken Beine, ihre Oberschenkel, und seine Finger kamen dem Vulkan, der sich zwischen ihren Beinen zu bilden drohte, bedrohlich nahe, wichen aber jedes Mal wieder zurück, ohne sie dort zu berühren. Sie stöhnte, und ihr Körper wand sich unter ihm, als er wieder nach oben glitt und sie leidenschaftlich küsste.

Wie hatte sie es so viele Jahre ausgehalten, ohne ihn so zu berühren? Sie hatte Jahrzehnte lang nach ihm geschmachtet und war ihm nie näher gekommen als ein paar Zentimeter. Und jetzt, da sein Körper gegen ihren gedrückt war und seine Hände sie überall berührten, hatte sie den Eindruck, als würde sie explodieren, wenn sie nicht jetzt in dieser Sekunde mehr von ihm bekäme. Sie zerrte an seinem Hemd und befreite seinen herrlichen Oberkörper endlich von dem einengenden Stück Stoff. Sie fuhr mit den Händen über seine wohlgeformten Muskeln und grinste innerlich, als er nach Atem rang, wenn sie seine sensiblen Stellen berührte. Es schien, als sei sie nicht die Einzige, die froh war, unbekleidet zu sein. In einem Anflug von Kühnheit griff sie nach hinten, öffnete ihren BH und warf ihn durchs Zimmer. Seine Augen wurden groß, als er auf sie herabblickte, und in seinen Ausdruck mischten sich Staunen und Lust.

„Mein Gott, sieh dich an", entfuhr es ihm. Und bevor sie etwas darauf erwidern konnte, küsste er wieder ihren Hals und ließ ihren Verstand bei der intensiven Empfindung in ohnmächtiges Verlangen taumeln. Er nahm eine ihrer Brustwarzen in den Mund und sie stöhnte und drückte ihren Rücken durch, als eine Schockwelle der Lust sie durchfuhr. Und bevor sie wieder zu sich kam, spürte sie, wie eine seiner Hände unter ihr Höschen glitt und ihr feuchtes Geschlecht berührte. Mit der perfekten Mischung aus Rauheit und Zärtlichkeit erkundete seine Hand ihren Körper, teilte ihre Schamlippen und sendete Lichtblitze durch ihren Körper, die sich mit den Wellen der Lust mischten, die in ihr hochschlugen, als er mit seinen Lippen, Zähnen und seiner Zunge mit ihrer Brustwarze spielte. Machtlos vergrub sie ihre Hände in seinen Haaren und war sich bewusste, dass sie verzweifelte, heisere Laute der

Lust von sich stieß und sie nicht kontrollieren konnte. Es war, als gehörte ihr ihr Körper nicht mehr. Sie hätte nie gedacht, dass derartige Empfindungen überhaupt möglich waren, dass das Potenzial für eine derartige Lust überhaupt in ihren Synapsen geschlummert hatte. Seine Finger drangen sanft in sie ein und drückten gegen ihre Scheidenwand, und sie biss sich heftig auf die Lippe und spürte, wie sich ihre Hüften gegen ihn drückten, völlig außer Kontrolle, und ihr Körper war besessen von dem Verlangen, mehr von ihm zu bekommen, von seiner Berührung, von den unglaublichen Dingen, die er mit nur so wenigen, geschickten Bewegungen mit ihr anstellte …

Seine Lippen fuhren ihren Körper hinab. Sie stellte benommen fest, dass er wohl irgendwann ihr Höschen ausgezogen hatte. Sie war so abgelenkt gewesen, dass sie es nicht einmal bemerkt hatte. Dann stützte sie sich auf die Ellbogen und atmete heftig, als sie versuchte, wieder Herr ihrer Sinne zu werden. Er trug noch immer seine Boxershorts. Das schien nicht gerade gerecht zu sein. Und obwohl ein Teil von ihr sich gerne zurückgelehnt hätte und ihn genau das hätte machen lassen wollen, was er mit ihr machen wollte, und so lange er wollte, nun, so wäre es doch nicht fair gewesen, nur sich selbst befriedigen zu lassen, oder?

Sie setzte sich auf, rutschte ein wenig auf dem Bett nach vorne, um ihn zu erreichen, und als ihre Fingerspitzen seine Hüfte streichelten, spürte sie, wie er innehielt und sich seine Augen vor Lust verdunkelten, als er sie mit einer unausgesprochenen Frage im Gesicht ansah. Als Reaktion darauf zog sie seine Boxershorts hinunter und saugte die Luft scharf ein, als sein Geschlecht hervorsprang. Sie war Ärztin. Daniel war weiß Gott nicht der erste nackte Mann, den sie je gesehen hatte. Aber es kommt immer auf die Situation an, oder etwa nicht? In ihrem Untersuchungszimmer hatte sie das Sagen. Hier, mit diesen unbekannten Gefühlen und Empfindungen, die sie durchfuhren – von denen ein beinahe unstillbares Verlangen, das sie noch nie zuvor empfunden hatte und das sie zu verstehen versuchte, eindeutig die Hauptrolle spielte –, war es, nun ja, etwas beängstigend.

Aber das schien ihre Hände nicht davon abzuhalten, nach unten zu gleiten. Es war allzu leicht für sie, ihre Finger um seinen Penis zu legen, angenehm überrascht über seine Wärme, seine Festigkeit. Und die Reaktion, die das bei ihm hervorrief, war unbezahlbar. Er stieß ein ersticktes Stöhnen aus, schloss seine Augen und sein ganzer Körper erbebte bei ihrer Berührung. Genauso wie sie ihren Rücken durchgedrückt hatte, als er seine Finger in sie hineingeführt hatte. Sie streichelte seinen Schwanz zunächst zärtlich, dann heftiger in Anbetracht von Daniels Ermunterung in Form seiner zitternden Atmung und seines leisen Stöhnens. Er rutschte näher an sie heran und legte sich neben sie aufs Bett, damit sie ihn besser erreichte. Sie küsste ihn und verlor sich in der Empfindung seiner Lippen, als sie seinen Körper mit ihren Händen erforschte.

Sie brachte ihn beinahe an den Rand der Ekstase, aber er griff nach unten und schob ihre Hand von sich weg. Sein Atem ging zitternd und sein gesamter Körper war angespannt, als er sich bemühte, wieder die Kontrolle über sich zu erlangen. Er zog sie zu sich und küsste sie lange und leidenschaftlich. Und sie folgte ihrem natürlichen Instinkt, sich an ihn zu drücken, und spürte seinen harten Schwanz an ihrem Oberschenkel. Und, so natürlich wie das Atmen, veränderte sie ihre Position, bis seine Eichel gegen ihre Schamlippen drückte. Er holte tief Luft, und dann spürte sie, wie er vor Anspannung zitterte, als er sich mit einem wilden Ausdruck in den Augen zurückhielt.

„Alice …“ brachte er atemlos hervor, mit heiserer Stimme. Sie waren so lange still gewesen, dass seine Stimme sie überraschte. „Willst du …“

„Ja“, erwiderte sie ebenso atemlos und mit einem Anflug von Ungeduld. „Bitte. Ich will, dass du …“

Sie wusste nicht, wie sie den Satz hatte zu Ende bringen wollen … Und glücklicherweise musste sie das auch nicht. Er drehte sie auf den Rücken und vergrub sein Gesicht stöhnend an ihrem Hals. Dann zog er sie zu sich, seine Hände fest auf ihren Hüften. Und sie stieß ein atemloses Stöhnen aus, als seine Männlichkeit in sie eindrang, unfassbar tief, und sie komplett ausfüllte. Sie hatte noch nie etwas Derartiges empfunden. Aber gleichzeitig hatte sich noch nie etwas so natürlich, so richtig angefühlt. Hatte sie wirklich all die Jahre auf das hier verzichtet? Mein Gott, dachte sie benommen, als er sich in ihr bewegte, vorsichtig, und ihr erlaubte, sich an ihn anzupassen. Sie hatte so viel Zeit vergeudet …

Und sie war entschlossen das wieder wettzumachen. Sie schlang ihre Arme um ihn und drängte ihn, tiefer zu stoßen, sich schneller zu bewegen, sie mit aller Kraft, die er hatte, zu lieben. Und es dauerte nicht lange, bis er ihr genau das gab, was sie wollte, und noch viel mehr. Diese Kraft und Stärke, die sie immer an ihm bewundert hatte, ließ ihn tiefer und tiefer in sie stoßen. Sie schlang ihre Beine um seine Hüften und Wellen der Lust wogten durch sie hindurch. Sie sammelten sich in jeder Zelle ihres Körpers, als er in sie hineinstieß, wieder und wieder, und sie beide an den Rand der unvermeidlichen Ekstase brachte, die sich ihnen nur allzu schnell näherte. Aber sie war machtlos dagegen, konnte sich ihr nicht widersetzen, war machtlos gegen die besessenen Bewegungen ihrer Körper. Selbst wenn sie es gewollt hätte, selbst wenn sie die Willenskraft gehabt hätte, sich zu beherrschen – sie wollte sich nicht beherrschen. Sie hatte sich ihr ganzes Leben lang beherrscht. Jetzt würde sie endlich einmal alles wollen und gierig sein.

Ihr Orgasmus explodierte in ihr wie ein riesiger Stern, der zu einer Supernova wurde. Sie spürte und hörte, wie Daniel gegen ihren Hals stöhnte, als auch ihn der Orgasmus kurz darauf überschwemmte. Sie lagen mit verschwitzten, ineinander verkeilten Gliedmaßen da, als die Nachwehen sie durchfuhren und ein Kribbeln über ihren ganzen Körper lief, sich daraufhin ihre Zehen verkrümmten und sich Gänsehaut auf ihren Armen bildete, auf ihren Beinen, ihren Brüsten. Und dann hatte er seine Arme wieder um sie gelegt und zog sie nahe zu sich. Er küsste zärtlich ihr Gesicht, ihre Stirn, ihre geschlossenen Lider. Sie lagen einen endlosen Augenblick lang so da. Es musste mindestens drei Uhr morgens sein, dachte ein Teil von ihr benommen. Das Vernünftigste wäre es jetzt, etwas zu schlafen, damit sie vor dem nächsten Tag auf der Konferenz zumindest einigermaßen ausgeruht wären.

Alice öffnete die Augen und genoss den Anblick des wunderschönen nackten Mannes neben ihr im Bett. Er atmete immer noch schwer und seine Hand fuhr in kreisenden Bewegungen über ihre Schulter. Sein Gesichtsausdruck war sanft, aber wachsam. Und sie spürte, wie das Verlangen in ihr wieder geweckt wurde, als wäre es eine wilde Kreatur, die noch nicht satt war.

Sie war ihr ganzes Leben lang vernünftig gewesen. Jetzt würde sie endlich das tun, was sie wollte. Und was sie wollte, war, mit diesem Mann bis zum Morgengrauen Liebe zu machen.

Kapitel 10 – Daniel

Daniel war noch nie so glücklich darüber gewesen, kaum geschlafen zu haben. Es war ihr zweiter Tag am Stand und, gestärkt durch drei Tassen Kaffee, gab er sein Bestes, um mit den Menschenmassen zurechtzukommen. Alice stellte sich deutlich besser an als er. Er staunte darüber, wie gefasst sie wirkte, wie beherrscht, als sie die Besucher ihres kleinen Stands begrüßte und ihnen Flyer überreichte, während sie jedem Interessenten von ihrem Ferienort erzählte. Wenn er sich nicht so äußerst lebhaft an die vergangene Nacht erinnern könnte, würde er denken, dass es ein ganz normaler Tag war und dass die Frau an seiner Seite nicht fast die ganze Nacht hindurch mit ihren Händen seinen Körper erkundet hatte.

Meine Güte, wurde er etwa rot? Er entschuldigte sich und verließ den Stand für ein paar Augenblicke, um sich eine Flasche Wasser von der Erfrischungsstation zu holen und ein paar Mal tief durchzuatmen. Den ganzen Tag über hatte er das Gefühl, er würde träumen. Auch die ganze Nacht, um ehrlich zu sein … Im Grunde genommen jede Minute, seit er dem seltsamen Impuls nachgegeben und Alice im Aufzug auf dem Weg in ihr Zimmer geküsst hatte. Hatte es am Alkohol gelegen, fragte er sich. Nein. Je mehr er darüber nachdachte, desto klarer schien es ihm zu werden, dass diese Gefühle ihre Wurzeln schon deutlich früher während seiner Freundschaft mit Alice geschlagen hatten und nicht erst dieses Wochenende entstanden waren. Hatte er sich in ihrer Gegenwart nicht immer etwas seltsam gefühlt? War er nicht immer irgendwie befangen gewesen? Er hatte gedacht, dass er sich Sorgen gemacht hatte, dass sie ihn irgendwie negativ einschätzen würde … Aber war es in Wirklichkeit nicht etwas anderes gewesen? Etwas Tieferliegendes? Etwas, das vergangene Nacht auf der Tanzfläche vollends aufgewacht war, als er ihren Körper näher an sich herangezogen hatte, während die Lichter gezuckt und die Musik gedröhnt hatte?

Und letzte Nacht … Mein Gott, er konnte kaum daran denken, ohne völlig die Kontrolle über sich zu verlieren. Er trank von seinem Wasser und versuchte das Grinsen zu unterdrücken, das sich auf seinem Gesicht auszubreiten drohte. Er hatte natürlich so einige leidenschaftliche Nächte gehabt, aber … nun ja, auch wenn er damit vielleicht seine ehemaligen Gespielinnen beleidigte – er hatte noch nie etwas empfunden, das dem, was er mit Alice gespürt hatte, auch nur ansatzweise nahegekommen wäre. Es war, als hätte ihn jede einzelne Berührung direkt in seinem Innersten getroffen. Mit ihr zusammen zu sein, war elektrisierend. Es war deutlich gewesen, dass sie in Sachen Sex nicht so erfahren war wie er. Aber, mein Gott, sie war auf jeden Fall entschlossen gewesen, alles, was sie verpasst hatte, nachzuholen. Er war kurz geneigt gewesen, die restliche Konferenz sausen zu lassen und den Tag mit ihr im Bett zu verbringen. Aber er hatte tatsächlich befürchtet, dass sie ihn vollständig auslaugen würde.

Also waren sie gemeinsam zum Frühstück runtergegangen und ihr Zusammensein hatte eine seltsame neue Innigkeit gewonnen. Er sah sie ständig an und lächelte. Und sie wirkte ihm gegenüber etwas zögerlich (was ziemlich witzig war, wenn man bedachte, wie unersättlich sie vergangene Nacht gewesen war). Ihr gemeinsames Frühstück war sehr angenehm verlaufen, dann waren sie für Tag zwei der Konferenz in die Halle gegangen. Er hatte den ganzen Tag über den Drang ignorieren müssen, sie zu berühren. Jedes Mal, wenn er sie ansah, hatte er ihr Gesicht streicheln wollen, seinen Arm um ihre Taille legen, ihre Stirn küssen und ihre Hand halten wollen. Es war einfach lächerlich. Er hatte sich noch nie zuvor wie solch ein Teenager aufgeführt.

Er ging zurück zu ihr an den Stand, entschlossen, sich weiter auf die Arbeit zu konzentrieren. Zumindest bis die Konferenz um vier endete. Sie hatten eine weitere gemeinsame Nacht im Hotel, bevor sie morgen Früh nach Hause fahren würden. Und obwohl ein Abschiedsdinner geplant war, hatte er den Verdacht, dass sie das sausen lassen würden. Er war entschlossen, keinen Moment der Zeit, die sie noch miteinander hatten, zu verschwenden. Besonders angesichts eines solch großen, weichen Bettes, das ihnen zur Verfügung stand … Daniel riss sich zusammen, als er wieder neben sie trat, und ließ sich von dem kurzen Lächeln, das sie ihm über ihre Schulter hinweg zuwarf, nicht allzu sehr beirren. Konzentrier dich erst einmal auf die Arbeit, sagte er sich entschieden. Es bringt nichts, unprofessionell zu sein. Was war nur los mit ihm? Er war nach einer Nacht mit einer Frau noch nie so fahrig gewesen.

Es gelang ihm einigermaßen, sich auf die Arbeit zu konzentrieren. Viele Leute kamen an ihren Stand, um über ihr Unternehmen zu sprechen. Und zu seiner Überraschung ging ihnen, kurz bevor die Konferenzhalle geschlossen wurde, langsam sogar der zusätzliche Karton an Flyern aus, den er mitgebracht hatte. Alice sah zu ihm auf, als er ein Gähnen unterdrückte, und ein Lächeln umspielte ihre Lippen.

„Du siehst müde aus“, zog sie ihn auf.

„Bin ich auch“, gab er zu und hob eine Augenbraue. „Was ist dein Geheimnis?“

„Uni“, erwiderte sie und klang leicht süffisant. „Schlafmangel ist praktisch mein natürlicher Zustand, selbst nach all diesen Jahrzehnten.“

„Du musst mir ein paar Tipps geben“, erwiderte Daniel und unterdrückte ein weiteres Gähnen.

„Du hältst dich ganz gut. Ich bin tatsächlich beeindruckt“, sagte sie und wandte sich ihm nun vollends zu. „Du hast dich an diesem Wochenende wirklich total reingehängt. Diese Seite an dir kannte ich vorher nicht.“

Er verkniff sich einen derben Witz über andere Seiten an ihm, die sie vor diesem Wochenende noch nicht gekannt hatte. Sie waren unter Leuten; sie mussten weiter zusammenarbeiten; er wollte nicht, dass sie sich angesichts seiner unanständigen Witze unwohl fühlte. Aber dann wurden seine Augen groß, als er das verschmitzte Grinsen auf ihrem Gesicht sah. Sie wusste genau, was sie da sagte. Er konnte nicht anders, als zu lachen. Herrje, was hatte diese Frau ihm angetan? Alles, was er wollte, war, wieder mit ihr allein zu sein. Und das nicht nur, um wieder mit ihr zu schlafen … wenngleich das ganz weit oben auf seiner Prioritätenliste stand. Nein, er wollte einfach nur – mit ihr zusammen sein. Mit ihr reden, mit ihr im Bett liegen, alberne Witze machen und stundenlang über nichts Bestimmtes quatschen. War er dabei, zu verweichlichen? War es das, was James passiert war?

Mein Gott, James. Daran wollte er momentan nicht denken.

„Oh. Hi, Lawrence."

Ein eiskalter Schauer lief ihm über den Rücken. Während er abgelenkt gewesen war, hatte sich eine ihm wohlbekannte Gestalt dem Stand genähert. Sandblondes Haar und ein Paar eng stehender gelber Augen – diesmal mit einer eindeutig feindlich gesinnten Haltung. Daniel hatte das schlimme Date, das Alice am Vorabend gehabt hatte, beinahe vergessen. Von dem, was sie ihm erzählt hatte, hatte sie Lawrence ziemlich deutlich zu verstehen gegeben, dass sie ihn nicht wiedersehen wollte. Was also machte er hier? Er trat an ihre Seite und sein Beschützerinstinkt flammte auf. Er sah, dass sie ihn kurz dankbar ansah. Nicht, dass sie nicht alleine mit diesem Deppen zurechtkommen könnte – das hatte sie letzte Nacht bewiesen. Aber etwas Verstärkung würde nicht schaden.

„Komm heute Abend mit mir zum Abschiedsdinner", sagte Lawrence. Angesichts seines herrischen Tones verengte Daniel leicht die Augen. „Bestimmt hast du dir dein schönstes Kleid bis zum letzten Moment aufgehoben, stimmt's?"

„Nein danke", erwiderte Alice kurz angebunden. Er sah, dass sie ihre Wut zu unterdrücken versuchte. „Daniel und ich haben andere Pläne."

Zum ersten Mal wandte der Kojote seine gelben Augen Daniel zu. „Ah ja? Ich bin sicher, dass er dafür Verständnis haben wird."

„Vielleicht habe ich mich nicht klar genug ausgedrückt", sagte Alice, und ihre Stimme war plötzlich eiskalt. „Ich will nicht mit dir mitgehen, Lawrence. Um ehrlich zu sein, möchte ich dich nie wiedersehen."

„Stell dich nicht so an", erwiderte Lawrence brüsk. „Ich weiß, dass du einen auf schwer zu kriegen machst. Aber mit mir brauchst du keine Spielchen zu spielen. Dafür bin ich zu klug. Also dann, wir treffen uns um …"

„Hör zu, Freundchen", sagte Daniel, der spürte, wie Alice vor Wut und Entsetzen neben ihm erstarrte. „Du hast deine Antwort erhalten, okay? Sie lautet nein. Und jetzt verschwinde."

„Das hier geht dich nichts an", fauchte Lawrence, seine Augen wieder auf Alice gerichtet, als wäre Daniel nur ein Anhängsel. „Stell dich mir nicht in die Quere. Das würde nicht gut für dich ausgehen."

„War das eine Drohung?“, fragte Daniel mit angespannter Stimme. Er spürte, dass sein impulsiver Teil seine Gestalt verändern wollte, hier und jetzt, um diesem Lawrence-Typen einen viereinhalb Meter großen blauen Drachen zu liefern, mit dem er sich dann weiter befassen konnte. Und vielleicht war das etwas Typisches für Gestaltwandler – ein instinktiver Teil des Kojoten spürte das Aufflackern der Magie. Aber Lawrence warf ihm nur einen Blick zu und schien aufzugeben.

„Du wirst es dir noch anders überlegen“, sagte Lawrence zu Alice, als er zurückwich. „Wir treffen uns um acht in der Lobby. Wenn nicht, werde ich kommen und dich suchen.“

„Was für ein Trottel“, murmelte Daniel, als der Kojote in der Menge verschwand. Aus Alice’ Schultern wich die Spannung.

„Ich kann nicht glauben, dass ich dachte, er sei nett. Ehrlich, als ich die ersten Male mit ihm gesprochen habe, schien er total in Ordnung zu sein.“

„Der erste Eindruck kann täuschen“, erwiderte Daniel achselzuckend. Es war eine allgemeine Bemerkung, darum war er völlig überwältigt von dem breiten Grinsen auf Alice’ Gesicht, als sie zu ihm hochblickte.

„Da hast du recht“, entgegnete sie leise, und trotz seiner Entschlossenheit, professionell zu sein, wollte er sie gerade in seine Arme nehmen und sie küssen, als sie beide von einer Lautsprecher-Ansage abgelenkt wurden. Die Konferenzhalle war geschlossen, der Tag war vorbei. Sie packten langsam ihren Stand zusammen und sprachen fröhlich darüber, wie gut die Veranstaltung gelaufen war. Aber Daniel war in Gedanken versunken. Würden sie einfach zurück zur Halbinsel fahren und das, was hier passiert war, vergessen? Das konnte er nicht zulassen. Als sie dann also aus der Halle gingen, ergriff er ihre Hand.

„Hey … Alice? Hast du Lust, zum Strand zu gehen, bevor es dunkel wird? Um zu schauen, wie sich LAs bester Strand im Vergleich zu unserem macht?“

Sie lächelte ihn an, dann funkelten ihre Augen. „Das würde ich gerne, aber du hast doch gehört, was Lawrence gesagt hat. Ich muss mich um Punkt acht mit ihm in der Lobby treffen. Das war ein Befehl.“

Er heuchelte Enttäuschung. „Wie schade. Na gut. Ich hoffe, du lässt dir gerne einen Vortrag über die öffentliche Gesundheit halten. Etwas, worüber du als Ärztin vermutlich so gut wie gar nichts weißt …“

Sie lachte. „Ich werde mich schnell umziehen und dann gehen wir zum Strand?"

Dann waren sie beide im Licht der Nachmittagssonne am Strand. Er musste zugeben, als er sich umblickte und die ganzen Leute beobachtete – es war ziemlich schön hier. Aber wenn er an die Strände zu Hause dachte, konnten diese hier nicht mithalten. Alice schien das Gleiche zu denken.

„Sind ganz schön. Aber zu Hause ist weniger los."

„Noch ist das so", bemerkte er, als sie am Strand entlanggingen, kurz oberhalb der Gezeitenmarke, und die Wellen rauschten heran, umspielten ihre Füße und zogen sich wieder zurück. „Aber mit all den Interessenten an diesem Wochenende wird sich das in Zukunft wahrscheinlich ändern."

Sie lächelte. „Wir waren ziemlich gut, nicht wahr? War ein ziemlich gutes Wochenende."

„Ein tolles Wochenende", korrigierte er sie entschlossen. Sie blickte zu ihm hoch, offensichtlich überrascht von der Ernsthaftigkeit in seinem Ton. „Ich meine es ernst. Nicht nur das Geschäftliche. Ich meine … dich."

Und dann wieder dieses Lachen. Er hatte dieses Lachen vor dem Wochenende so gut wie nie gehört. Es war ansteckend und berauschend, ihr dieses Lachen zu entlocken, obwohl sie normalerweise so reserviert war. Er kam sich dadurch besonders vor … machtvoll, irgendwie. Als wäre er in ein Geheimnis eingeweiht worden, das nicht viele Leute kannten.

„Mir geht es genauso", erwiderte sie schlicht und sah mit dieser unwiderstehlichen Schamesröte zu ihm hoch, die ihr wunderschönes Gesicht zierte. „Ich bin … ich bin wirklich froh, dass ich dich an diesem Wochenende etwas besser kennenlernen durfte."

„Ich habe den Eindruck, als hätten wir kostbare Zeit verschwendet", gestand er lächelnd. Er wollte ihre Hand in die seine nehmen, aber er zögerte. Wäre das zu viel? „Wir verstehen uns besser, als ich je gedacht hätte. Ganz zu schweigen von letzter Nacht."

Wieder dieses verschmitzte Grinsen. Wie hatte ihm jemals entgehen können, wie schön sie war? „Oh, ja. Die letzte Nacht war … unglaublich. Weißt du, dass ich davor noch nie einen One-Night-Stand hatte?"

Er blinzelte sie an, etwas verblüfft über den Ausdruck. „One-Night-Stand?“

„Ja. Ich meine, ich war schon auf ein paar Dates, weißt du. Hab auch mal den einen oder anderen Mann geküsst. Aber es war nie ernst genug, dass ich ihn ein zweites oder drittes Mal hätte sehen wollen. Also … ist es nie wirklich dazu gekommen.“ Sie zuckte die Achseln. „Ich schätze, dass ich mich zuvor noch nie so zu jemandem hingezogen gefühlt habe.“

Er biss sich auf die Lippe und wusste nicht so recht, was er sagen sollte. Sie hatte die ganze Zeit gedacht, dass das hier ein One-Night-Stand war? Das würde wohl erklären, warum sie an diesem Morgen so eigenartig gewesen war. Vorsichtig, als würde sie ihn beobachten und erraten, wie sie sich ihm gegenüber verhalten sollte. Sie dachte, dass er nur mit ihr schlafen würde, und dann … und dann was? Dass er die explosive Nacht, die sie verbracht hatten, einfach vergessen würde, ihre unglaubliche Chemie, die Tatsache, dass ihre Körper so perfekt zusammenpassten, als wären sie füreinander gemacht? Sollte er etwa zurückkehren in eine Welt, wo sie lediglich die Schwester seines besten Freundes war, und er nur der beste Freund ihres Bruders, ein Typ, den sie kaum kannte? Ein Typ, mit dem sie eine betrunkene Nacht verbracht hatte und den sie dann hinter sich lassen würde? Es war wohl eine nachvollziehbare Schlussfolgerung in Anbetracht dessen, was sie über ihn wusste. Er hatte nie den Eindruck vermittelt, dass Sex etwas war, das er ernst nahm. Aber das hier war anders. Das spürte er in seinem tiefsten Inneren. Er wusste momentan noch nicht, was das bedeutete, hatte noch nicht lange genug darüber nachgedacht, was er für sie empfand. Aber was er wusste, war, dass letzte Nacht nicht nur ein One-Night-Stand gewesen war.

Aber wie sollte er ihr das sagen? Wie sollte er ihr sagen, was er empfand, wenn er selbst noch nicht einmal wusste, was er empfand? Er wandte sich von ihr ab und ließ den Blick über den Ozean schweifen, um seine Nerven zu beruhigen. Das verlieh ihm immer mehr Sicherheit, mehr Kontrolle, den Wellen zuzusehen, wie sie auf den Strand brachen. Sie waren in ein angenehmes Schweigen verfallen und er räusperte sich, bevor er sich ihr wieder zuwandte. Der Sonnenuntergang über dem Ozean hatte seine Nerven beruhigt.

„Ich bin wirklich froh über das, was letzte Nacht passiert ist", sagte er leise und versuchte, die richtigen Worte zu finden. „Es war … es war unglaublich. Wir passen wirklich gut zusammen."

„Findest du?" Sie hob eine Augenbraue und sah ihn wieder mit diesem Lächeln in den Augen an. „Wie gesagt, ich habe nicht viel Erfahrung, aber ich glaube, dass wir uns recht gut angestellt haben …"

„Total", stimmte er ihr zu. „Ich … ich habe an diesem Wochenende wirklich viel gelernt. Nicht nur über dich, sondern auch über mich. Und ich glaube …"

Aber er runzelte die Stirn, etwas lenkte seine Gedanken ab. Sie waren so lange am Strand spazieren gegangen, dass langsam immer weniger Menschen um sie waren. Und plötzlich stellte er fest, dass praktisch niemand mehr da war. Der Einbruch der Dunkelheit hatte wohl etwas damit zu tun. Die Sonne war am Horizont verschwunden, und obwohl noch ein paar orangefarbene Strähnen den Himmel durchzogen, war es am Strand definitiv dunkel. Die meisten Leute waren wohl nach Hause gegangen.

Aber das war es nicht, was seine Aufmerksamkeit erregt hatte. In seinem Nacken war ein Kribbeln, und als er sich umdrehte, sah er mit einem Mal, was es verursacht hatte. Dort am Strand stand Lawrence und unterbrach ihre Zweisamkeit, ein selbstgefälliges Grinsen auf seinem eiskalten Gesicht. Und er war umgeben von etwas, das wie ein riesiges Rudel Kojoten aussah.

Kapitel 11 – Alice

Alice spürte, wie sich eine gewisse Frustration in ihr breitmachte. Was hatte Daniel ihr sagen wollen? Er hatte sich den ganzen Tag über seltsam verhalten. Seit sie sich nach ihrer leidenschaftlichen Nacht endlich voneinander losgerissen und sich für den Tag fertig gemacht hatten, hatte sie den Eindruck, dass er etwas vor ihr verbarg. Sie hatte sich den ganzen Tag über ihn gewundert. Etwas an ihm war anders, irgendwie aufmerksamer, fürsorglicher, hingebungsvoller. Eine Hingabe selbst in den alltäglichsten Verrichtungen und Berührungen, die ein paar Tage vorher noch nicht da gewesen war. Und manchmal hatte sie sich umgewandt und gesehen, wie er sie mit einem Ausdruck im Gesicht ansah, der ihr Herz schneller schlagen ließ und bei ihr Schmetterlinge im Bauch auslöste. Was war los mit ihm?

Sie hatte sich bemüht, cool zu bleiben. So ging man doch mit One-Night-Stands um, oder etwa nicht? Man ging miteinander ins Bett, hatte eine tolle Zeit (eine unglaublich tolle Zeit, wenn sie ehrlich sein sollte; es fühlte sich so an, als würde ihr ganzer Körper nach ihrem nächtelangen Liebesspiel immer noch nachglühen), und dann machte man am nächsten Tag einen auf cool. Einfach nur Sex, das war alles. Heutzutage hatte das überhaupt nichts zu bedeuten. Sex war einfach etwas, das man zusammen tun konnte, wie … wie Tennis. Also würde sie nichts darin hineininterpretieren. Aber ein Teil von ihr hoffte inständig, dass Daniel vielleicht, nur vielleicht, genau das tat.

Als er also mitten im Satz – der tatsächlich ein vielversprechender Satz zu werden versprach – aufhörte zu sprechen, musste sie sich ein verzweifeltes Stöhnen verkneifen. Aber ihre Frustration wich rasch der Besorgnis, als er sich umwandte. Sie spürte die Anspannung in seinem Körper, merkte sofort, dass etwas nicht stimmte. Und als auch sie sich umdrehte, sah sie sofort, was es war. Am Strand stand Lawrence. Ihr Schock wurde rasch von Wut abgelöst. Er war ihnen den ganzen Weg hierher gefolgt? War in ihre Privatsphäre eingedrungen? Hatte er vorhin überhaupt zugehört? Zorn und Scham rangen um die Oberhand.

„Du bist spät dran für unsere Verabredung, Alice", rief Lawrence ihr über den Strand hinweg in spöttischem Ton zu. „Ich mag es nicht, wenn man mich warten lässt."

„Verpiss dich, Lawrence", fuhr sie ihn an, und jegliches Interesse, gegenüber diesem Typen auch nur ansatzweise höflich zu sein, war schon lange dahin. „Ich will nichts mit dir zu tun haben."

„Aber ich will dich. Unser Resort braucht einen Arzt, und wir mögen keine menschlichen Angestellten. Du passt genau ins Schema. Und es hilft, dass du auch eine Augenweide bist. Also komm jetzt mit mir mit, und ich werde davon absehen, dir oder deinem Schoßhündchen da wehzutun."

Daniel nahm neben ihr eine drohende Haltung ein. „Machst du Witze? Was für ein erbärmliches Jobangebot ist das denn?"

„Es ist kein Angebot, es ist eine Anweisung", schnauzte der Kojote zurück, und seine Augen funkelten wütend, selbst im fahlen Licht am Strand. „Ich lasse mich nicht gern abspeisen, und euch wird aufgefallen sein, dass ihr in der Unterzahl seid", fügte er hinzu und deutete auf die Kojoten, die um ihn standen. Sie alle hatten die gleichen gelben Augen wie er, und Alice kniff die Augen zusammen, als ein paar von ihnen knurrten. Gestaltwandler ließen sich leicht von ihren wilden Cousins unterscheiden. Egal ob es Wölfe, Bären oder Kojoten waren, ein Gestaltwandler war immer deutlich größer. Wolfs Gestaltwandler in ihren Wolfskörpern hatten eher die Größe von kleineren Pferden. Und Kojoten, schien es, waren ungefähr so groß wie wilde Wölfe. Das Rudel war deutlich furchteinflößender, als es ein Rudel von Nicht-Gestaltwandlern wäre, und wenn Alice und Daniel Menschen gewesen wären, hätte die Drohung Wirkung gezeigt. Aber das waren sie nicht.

„Das kannst du nicht ernst meinen", sagte Daniel, und sie konnte die Wut in seiner Stimme hören. „Du weißt, was wir sind, oder? Selbst hundert von euch wären keine ernst zu nehmenden Gegner für uns."

„Wenn du dumm genug bist, uns dazu zu zwingen, uns hier draußen zu verwandeln“, fügte Alice hinzu, und ihre Stimme zitterte vor Zorn. „Die gesamte Gestaltwandler-Bevölkerung in Kalifornien in Gefahr zu bringen, nur wegen deiner selbstsüchtigen Ziele? Im Ernst? Was ist dein Plan – mich als Gefangene zu nehmen und mich dazu zu zwingen, für euch zu arbeiten? Das wird nicht funktionieren. Hör auf, solange du noch die Gelegenheit dazu hast.“

Lawrence’ Gesicht wand sich und er knurrte. Ein hässliches, animalisches Geräusch, das mit einer seltsamen Verwandlung seiner Gesichtszüge und seines Körpers einherging. Innerhalb weniger Sekunden war er verschwunden, und statt seiner stand ein großer Kojote da, mit gesenktem Kopf, und knurrte sie böse an. Daniel sah sich am Strand um. Alice merkte, dass er prüfte, ob jemand in Sichtweite war. Und dann, als das Kojotenrudel nach vorne stürmte, um sie anzugreifen, sah und spürte sie, wie die Verwandlung von ihr Besitz ergriff.

Es war schon zu lange her, seit sie das letzte Mal in ihrer Drachengestalt war. Es fühlte sich so gut an, ihre Schwingen auszustrecken, ihren Hals hin und her zu schwingen und ihre scharfen Fangzähne vor den Kojoten zu blecken. Gerade noch rechtzeitig erinnerte sie sich daran, nicht zu brüllen, denn sie wollte nicht, dass Menschen auf sie aufmerksam wurden. Es war mittlerweile komplett dunkel, was in gewisser Weise gut war, aber dennoch hielt sie ihren Körper niedrig und nahe am Sand, in der Hoffnung, dass ihre dunkelblauen Schuppen mit dem Nachthimmel verschmolzen. An ihrer Seite konnte sie Daniel ausmachen, und seine Schuppen waren ebenso dunkelblau wie die ihren. Seine Flügel breiteten sich in einer aggressiven Geste in Richtung der Kojoten aus, die immer noch auf sie zurannten. Allerdings, stellte sie verschmitzt fest, schienen sie beim Anblick der wahren Gestalt ihrer Beute etwas langsamer geworden zu sein. Welche Art Drachen hatten sie erwartet? Komododrachen? Sie waren viereinhalb Meter lang … und Alice wusste, dass ihre Spezies noch zu den kleineren gehörte. Es gab Drachen, die von der Schnauze bis zum Schwanzende bis zu zehn oder sogar zwölf Meter groß waren. Ein Rudel Kojoten wie dieses wäre kein ernst zu nehmender Gegner für einen Drachen dieser Größe.

Aber gegen sie zwei allein … nun, das bereitete ihr etwas Sorgen. Die Kojoten waren zwar klein, allerdings sehr geschickt. Nach kurzer

Zeit hatten sie Daniel und Alice getrennt und hatten ihre Größe dazu genutzt, sie zu umzingeln, sodass es schwierig war sie alle im Auge zu behalten. Sie fingen an, anzugreifen, sprangen auf sie und versuchten, sie in ihre ungeschützten Flanken zu beißen. Alice fauchte und schlug auf diejenigen Kojoten ein, die sie erreichen konnte. Aber es war erstaunlich schwierig, sie zu erwischen. Auch Daniel hatte Mühe damit, sie spürte seine Frustration und seine Wut, als er auf die Kojoten einschlug. Zu ihrem größten Unwillen spürte sie, dass ihr die Kreaturen bereits einige Verletzungen zugefügt hatten. Blut lief aus ein paar Wunden, wo die Kojoten es geschafft hatten, ihre scharfen Zähne in das Fleisch unter ihren Schuppen zu schlagen.

Sie kämpften weiter, entschlossen, sich nicht von den Kojoten unterkriegen zu lassen. Das Entscheidende war, zusammenzuarbeiten, genau wie es die Kojoten innerhalb ihres Rudels taten. Daniel und Alice kamen wieder näher aneinander heran und machten es den Kojoten damit unmöglich, sie von der Seite anzugreifen. So schützten sie die blinden Flecken des jeweils anderen, während sie kämpften. Und bald wendete sich das Blatt und sie verletzten einen Kojoten nach dem anderen schwer, allerdings nicht lebensbedrohlich. Alice mochte zwar rasend vor Wut sein, aber sie wollte niemanden töten. Lawrence war fürchterlich, aber diese Kojoten – sie hatte nichts gegen sie, obwohl sie sie angriffen. Es war klar, dass sie nur Lawrence' Anordnungen folgen. Aber sie hielt sich nicht zurück, wenn es darum ging, die Kojoten mit ihren scharfen Krallen zurückzuhalten. Allerdings trug ihr Entschluss, tödliche Wunden zu vermeiden, dazu bei, dass ihr selbst einige ernste Verletzungen zugefügt wurden.

Endlich sah es so aus, als hätten sie den Kampf gewonnen. Etwa ein Dutzend Kojoten humpelten von ihnen davon und stillten ihre Wunden und Verletzungen, die sie am Kämpfen hinderten. Alice konnte sehen, wie sie ihre Gestalt veränderten und in ihre menschlichen Körper zurückkehrten, um sich zu erholen. Es sah so aus, dass, wie bei den meisten Gestaltwandlern, die Wunden, die sie in ihren Kojoten-Gestalten erlitten hatten, in ihren menschlichen Körpern weniger gravierend waren. Alice sah ein paar gelbäugige Leute, die sie glaubte schon von der Konferenz zu kennen. Lawrence hatte wirklich eine ziemlich große Delegation mitgebracht. Waren das alles Familienmitglieder, wie er behauptet hatte?

Apropos Lawrence … sie fauchte und merkte zu spät, dass sie sich von dem scheinbaren Sieg zu leicht hatte ablenken lassen. Ein ihr wohlbekannter Kojote stand vor ihr und sprang mit weit aufgerissenem Maul auf sie, als sie sich ihm zuwandte. Sie spürte, wie er auf ihrem Hals landete, und seine Pfoten suchten kratzend nach Halt. Er fuhr mit seinen Zähnen tief, tief zwischen ihre Schuppen. Es war eine verletzliche Stelle in ihrem Schutzpanzer. Alice unterdrückte einen schmerzerfüllten Schrei, schockiert darüber, wie stark sein Kiefer war. Und zu ihrem Entsetzen spürte sie, wie er ein Stück Fleisch aus ihrem Körper riss. Blut strömte ihren Hals hinab, und sie stolperte etwas, plötzlich geschwächt durch diesen letzten Schlag, aber auch durch die zahlreichen Wunden, die man ihr zugefügt hatte. Sie musste sich verwandeln, musste wieder in ihre menschliche Gestalt zurückkehren, wo diese lebensbedrohliche Wunde, die man ihr zugefügt hatte, nicht gar so gravierend sein würde. Aber wenn sie sich mit einem blutrünstigen Kojoten auf ihrem Rücken verwandelte …

Dann war Daniel bei ihr, unglaublich schnell, schlug den Kojoten von ihrem Rücken und drückte ihn mit seinen Klauen auf den Boden. Sie sah, wie er sein zweites Vorderbein hob, offensichtlich entschlossen, ihm einen tödlichen Schlag zu versetzen. Aber Alice hatte es geschafft, sich zu verwandeln, und sie rief ihm, sobald sich ihre menschlichen Stimmbänder wieder gebildet hatten, etwas zu. Er hielt inne und riss verwirrt den Kopf in ihre Richtung.

„Er ist es nicht wert, getötet zu werden“, keuchte sie und spürte, wie ihr das Blut die Brust hinunterlief, heiß und feucht. „Lass ihn gehen.“

Daniel zögerte … dann ließ er den Kojoten los. Und sogleich machte sich das Tier davon und verschwand in den Sanddünen. Die anderen folgten ihm auf den Fuß, jeder auf seine Art verwundet. Mehrere von ihnen humpelten, stellte sie zufrieden fest. Dann stolperte sie, und sie konnte nicht mehr klar sehen. Langsam dämmerte ihr, dass sie viel zu viel Blut verloren hatte.

„Alice“, hörte sie Daniels eindringliche Stimme. Wieder in seiner menschlichen Gestalt, war er zu ihr gelaufen und hob sie hoch. Sie dachte daran, wie er sie am Vorabend in dem Klub aufgehoben hatte, lächelte benommen und drückte sich an ihn. „Bist du okay? Sag was.“

„Ich verblute“, sagte sie mit schwacher Stimme und versuchte, sich zu konzentrieren. „Er hat … er hat eine Arterie erwischt, glaube ich. Ich

…" Der Wunde an ihrem Hals entströmte Blut in unglaublichen Mengen. Viel zu viel Blut. Wo war das nächstgelegene Krankenhaus? Was könnten sie für sie tun? Von einem Menschen würde sie keine Bluttransfusion bekommen können …

„Sag mir, was ich machen soll, Doc", keuchte Daniel und hielt sie fest an sich. Sie spürte, wie er zitterte, sah die Tränen in seinen Augen, als er auf sie hinunterblickte. Sie streckte die Hand aus, um sein hübsches Gesicht zu streicheln, voller Staunen, und ihr Blick wurde trübe und sie merkte, wie sich Dunkelheit auf sie herabsenkte … „Alice!"

„Der Ozean", flüsterte sie, und langsam verlor sie das Bewusstsein. „Der Ozean …"

„Natürlich!", brüllte er beinahe und schüttelte sie, damit sie wach blieb. „Deine Forschung!" Und dann lief er los. Aber das hier war kein gemütlicher Spaziergang wie letzte Nacht. Daniel rannte so schnell er konnte zum Meer und drückte sie dabei fest an seine Brust, während sie von der Geschwindigkeit hin und her gerüttelt wurde. Alice merkte, wie sie langsam bewusstlos wurde, und versuchte dagegen anzukämpfen. Sie wollte unbedingt schlafen, aber etwas sagte ihr, dass das keine gute Idee war …

Dann sprangen sie beide in den Ozean. Das Wasser war ein Schock, wenngleich es nicht so eisig war, als wenn es Winter gewesen wäre. Dennoch war es ein erfrischendes Gefühl, darin zu sein. Alice prustete etwas, als Daniel ins Wasser watete, und die Wellen schlugen ihr ins Gesicht. Das Blut rann ihr immer noch aus ihrer Halswunde und vermischte sich mit dem Salzwasser. Panik wollte langsam in ihr hochsteigen und sie hustete und zitterte, als das Wasser sie umspülte. Was, wenn es nicht funktionierte? Was, wenn sie dadurch nur noch schneller verbluten würde, hier im Ozean?

„Wow", rief Daniel keuchend aus und starrte auf sie hinunter. Aber seine Augen lagen nicht auf ihrem Gesicht, sondern auf ihrem Hals, wo sie ein seltsames Kribbeln spürte. Sie vermutete, dass es das Wasser auf ihrer Wunde war, aber da war noch mehr … etwas wie das Gefühl, wenn das Meer einem die Zehen umspült, das helle Glitzern der Sonne auf den Wellen an einem perfekten Sommertag, der salzige Geruch des Ozeans, der einem die Lungen füllt … Und als sie eine zitternde Hand hob, um die Wunde an ihrem Hals zu befühlen, konnte sie sie nicht finden.

„Es hat funktioniert", keuchte sie mit großen Augen.

„Du … du bist geheilt“, sagte Daniel und sah sie entsetzt an. „Hat das der Ozean getan?“

„Ich …“ Sie prustete ein wenig, als ihr eine Welle ins Gesicht schlug. Der Ozean legte keinen Wert auf Höflichkeit, wie es schien. Daniel trug sie aus dem Wasser. Sie glitt aus seinen Armen, als sie wieder am Strand waren, noch etwas unsicher auf den Beinen, aber deutlich gestärkter als vorhin, als ihr das Blut aus dem Körper gelaufen war. Sie starrte einander lange an.

„Mist. Ich wünschte, ich könnte mir Notizen machen“, flüsterte sie. Daniel brach in Gelächter aus. „Was?“

„Wir wurden beinahe von einem Rudel Kojoten getötet“, erwiderte er und war offensichtlich bemüht, sich zu beherrschen. „Und du machst dir Sorgen wegen deiner Notizen. Du bist …“ Er zögerte, und auf seinem Gesicht lag ein seltsames Leuchten. Sie wünschte, es wäre nicht so dunkel, wünschte, dass sie ihn besser sehen könnte, dass mehr als nur das Mondlicht sein Gesicht erhellen würde. „Du bist unglaublich.“

„Ich kann nicht glauben, dass er uns verfolgt hat“, sagte sie leise und blickte zu den Sanddünen hinüber, hinter denen die Kojoten verschwunden waren. „Wollte er wirklich versuchen, mich dazu zu zwingen, mit ihm zu gehen? Wie hätte das funktionieren sollen?“

Daniel zuckte die Schultern. „Ich weiß es nicht. Ist mir ehrlich gesagt auch egal. Es wäre allerdings besser, wenn ich ihn nie wiedersehe. Wenn er dich auch nur ansieht, werde ich nicht mehr so nachsichtig sein wie vorhin.“

Sie nickte und war etwas schockiert über die Wut in seiner Stimme. Als würde er ihr Unbehagen spüren, fasste er sich wieder und drückte sanft ihren Arm. „Geht es dir nun wieder gut? Soll ich Hilfe holen?“

„Ich glaube, ich bin okay“, erwiderte sie nachdenklich und blickte an ihrem Körper hinunter. Sie hatte etwa ein Dutzend Verletzungen gehabt – keine von ihnen so lebensbedrohlich wie diejenige an ihrem Hals – aber dennoch gravierend. Aber zu ihrer Überraschung waren sie alle verschwunden. „Sieht so aus, als würde der Ozean Kojotenbisse heilen. Bist du verletzt?“

„War ich“, erwiderte Daniel plötzlich, als sei er überrascht, sich wieder daran zu erinnern. Dann heulte er auf, als er eine Hand zu seiner Schulter führte. Sie kniff die Augen zusammen und betrachtete sie im schwachen Mondlicht. Dort in seiner Schulter war eine tiefe

Fleischwunde und Blut strömte daraus hervor. Aber sie sah irgendwie seltsam aus, beinahe … unvollständig. Als hätte man die Hälfte abgewischt. „Die hier war größer“, sagte er und starrte sie an. „Wo das Wasser sie berührt hat, ist sie geheilt …“

„Ich will was versuchen“, erwiderte sie rasch, duckte sich und schöpfte eine Handvoll Wasser aus den Wellen zu ihren Füßen. Vorsichtig ließ sie es über seine Wunde laufen. Das Wasser lief seinen Arm hinab, aber die Wunde war unverändert. „Interessant. Meerwasser allein hilft nicht. Man muss eintauchen. Geh rein!“

„Ja, Doktor“, erwiderte er und hob eine Augenbraue, als er folgsam ins Wasser watete und seine Schulter in die Wellen tauchte. Dann kam er prustend wieder zu ihr. „Wir wären beinahe gestorben, und du führst hier ein wissenschaftliches Experiment durch …“

„Pst“, erwiderte sie und zog ihn näher zu sich heran. Dann stieß sie einen leisen Schrei aus. Und tatsächlich, wo die Wunde gewesen war, war nun unverletzte Haut. „Erstaunlich! Schau – du bist geheilt.“

Er runzelte die Stirn. „Warum ist uns das nicht schon früher aufgefallen? Denn wenn Meerwasser unsere Verletzungen heilt, dann wüssten wir das doch.“

„Ich habe mich heute Morgen an einem Papier geschnitten“, sagte sie und suchte ihre Hand nach der Verletzung ab. „Ich frage mich … Oh! Der Schnitt ist immer noch da. Das Wasser hat ihn nicht geheilt.“

„Das bedeutet also …“

„Vielleicht kann das Meerwasser nur bestimmte Arten von Verletzungen heilen.“ Ihre Gedanken rasten. Sie wünschte sich, dass sie ihr Notizbuch oder ihr Handy dabei hätte, um sich ein paar Notizen zu machen. „Oder vielleicht nur frische Wunden? Vielleicht müssen sie lebensbedrohlich sein? Vielleicht …“

„Alice, das hier ist wirklich total interessant“, unterbrach Daniel sie. „Aber … können wir zurück ins Hotel gehen? Es wird kalt.“

Sie lachte und war etwas verlegen darüber, wie leicht sie sich hatte fortreißen lassen. Und als sie den Strand entlang zurückgingen, zögerte sie einen Augenblick. Aber nach dem, was sie gerade durchgemacht hatten, könnte sie etwas Mut aufbringen, dachte sie. Also ließ sie ihre Hand in seine gleiten. Er lächelte auf sie hinunter und drückte sanft ihre Finger. Mein Gott, das hier war so schön, dachte sie beim Gehen. Etwas fühlte sich so richtig an, in seiner Gegenwart zu sein … selbst mit ihm zu kämpfen. Sie hatte so viel über ihn gelernt, so viel hatte sich an diesem Wochenende verändert. Über so vieles musste sie nun nachdenken, so viel Neues entdecken.

Aber was würde morgen geschehen, wenn sie nach Hause fuhren? Was, wenn alles wieder so werden würde wie vorher?

Kapitel 12 – Daniel

Die Nacht raste vorüber. Es fühlte sich seltsam an, nach all dem, was passiert war, zurück zum Hotel zu gehen. Aber man beachtete sie kaum, als sie zu ihrem Zimmer gingen, um sich vor dem Abschiedsessen umzuziehen. Daniel brummte der Schädel. Er war dankbar, unglaublich dankbar, dass Alice' Wunden im Ozean geheilt waren und dass diese schreckliche Wunde nicht zu ihrem Tod geführt hatte. Aber dennoch verfolgte es ihn … ihr Anblick, wie sie blass und schwach dagelegen hatte und das Blut aus ihrem Körper geströmt war. Was, wenn sie nicht auf die Idee gekommen wäre, in den Ozean zu tauchen? Was, wenn die Wunde nicht geheilt wäre? Der Gedanke daran, sie zu verlieren, ließ seinen ganzen Körper erschauern. Er lenkte sich mit einer langen, heißen Dusche ab, damit, sich für das Abschiedsessen anzuziehen, und während sie das Gleiche tat, packte er widerwillig seinen Koffer. Während des Tages hatte das Zimmermädchen das Bett gemacht. Von dem Chaos, das sie letzte Nacht veranstaltet hatten, als sie zurückgekehrt und sich aufeinander gestürzt hatten, war nichts mehr zu sehen. Keine Spur mehr davon, dass sie miteinander geschlafen hatten.

War dies ein Vorgeschmack auf das, was sein würde, wenn sie nach Hause kämen? Wäre dieses Wochenende nur ein kleiner Lichtblick in ihrer Erinnerung, ein kurzer gemeinsamer Augenblick, den sie anschließend hinter sich ließen? Würde sie wieder in ihre Rolle als Ärztin ihrer Siedlung zurückkehren? Was würde er tun? Weiter arbeiten, dachte er müde. Am Wochenende in die Stadt fahren, um Leute zu treffen. In Bars abhängen und versuchen, ein paar interessante Gespräche zu führen. Aber etwas war anders. Etwas an ihm hatte sich verändert. Die einzige Person, mit der er sich nun unterhalten wollte … war Alice.

Sie lächelte ihn an, als sie in ein Handtuch gewickelt aus der Dusche kam, während sie sich die Haare mit einem anderen trocken rieb. „Packst du schon?"

„Dachte mir, dass wir dann morgen Früh Zeit sparen", erwiderte er achselzuckend. „Es wäre gut, wenn wir ganz früh losfahren, um dem Verkehr zu entgehen."

Sie nickte zustimmend. War da ein Hauch von Traurigkeit in ihre Augen oder bildete er sich das nur ein?

Beim Abschiedsdinner war keiner der Kojoten zu sehen. Es war eine nette Veranstaltung. Daniel lenkte sich von den Gedanken, die er sich wegen Alice machte, ab, indem er mit so vielen Leuten wie möglich redete, Kontaktdaten austauschte und Versprechen machte, sich gegenseitig zu besuchen. Im nördlichen Kalifornien gab es unzählige Ferienorte, und ihm kam der Gedanke, dass sie eine Art Austausch machen könnten, also mal am Wochenende zu einem dieser Orte zu fahren und sich dort vielleicht etwas abzugucken, wie sie ihre Siedlung besser machen könnten. Schließlich waren seine neuen Bekanntschaften schon seit langer Zeit im Geschäft. Der Gedanke, Alice zu fragen, ob sie mitkommen wolle, war verlockend … aber etwas hielt ihn zurück. Er wollte sie nicht überrumpeln. Hatte sie schließlich nicht gesagt, dass das hier nur ein One-Night-Stand war? Warum machte ihm das so zu schaffen? Er hatte zahlreiche One-Night-Stands gehabt, und das hatte ihn nie sonderlich gestört.

Aber keiner war mit Alice gewesen, dachte er bei sich.

Sie musste früh zu Bett gegangen sein. Irgendwann konnte er sich von einem intensiven Austausch mit den Besitzern eines Bed and Breakfasts am Strand losmachen, und er stellte fest, dass sie nicht mehr da war. Er verabschiedete sich von allen, dann ging er hoch ins Zimmer und war gespannt darauf, mit ihr allein zu sein. Nicht nur, um mit ihr über das zu sprechen, was am Strand passiert war, sondern auch über das gesamte Wochenende. Aber sie schlief bereits fest und sah dabei so friedlich aus. Sie aufzuwecken wäre absolut undenkbar gewesen. Also schlüpfte er nur leise ins Bett und versuchte, sie dabei nicht zu wecken. Es dauerte lange, bis er einschlief, trotz seiner Erschöpfung von der vergangenen Nacht. Alles, was er wollte, war, rüber zu rollen und sie wieder in seine Arme zu nehmen.

Er wachte auf und sah, wie sie im Zimmer hin und her ging und noch mal alles prüfte. Ihr Koffer war schon fertig gepackt und stand an der Tür. Sie lächelte ihn etwas abwesend an, als er sich aufsetzte und sich die Stirn rieb.

„Du hast tief und fest geschlafen“, sagte sie und legte den Kopf leicht schief, mit einem amüsierten Ausdruck im Gesicht. „Ich war nicht gerade leise, aber du hast einfach weitergeschlafen.“

„Entschuldige“, erwiderte er mit trüben Augen. „Wie spät ist es? Wir sollten besser aufbrechen.“

Es schien, als würden sie etwas später auschecken als der Großteil der Konferenzteilnehmer – die Lobby war erstaunlich ruhig, als sie zum Ausgang gingen. Die Empfangsdame winkte ihnen freundlich lächelnd zu, war aber in Gedanken offensichtlich schon bei den nächsten Gästen, und Daniel spürte einen Anflug von Traurigkeit. Es war, als wären sie nie da gewesen … als hätte dieses Wochenende kaum stattgefunden. Würde auch Alice es vergessen? Hatte sie ihre gemeinsame Zeit bereits hinter sich gelassen?

Draußen auf der Straße herrschte im Auto eine Stille, die einen seltsamen Kontrast zu der lockeren Art bildete, wie sie bei der Herfahrt miteinander geplaudert hatten. Aber Daniel schaffte es einfach nicht, diese Stille zu durchbrechen. Noch nie zuvor war er so verunsichert darüber gewesen, was er zu jemandem sagen könnte. Wie konnte man ein derartiges Thema ansprechen? Ach, übrigens, ich weiß, dass wir uns schon ewig kennen, aber ich glaube, dass ich dich liebe. Also lass uns doch völlig von vorn anfangen, wenn dir das recht ist … Aber er biss sich auf die Lippen und runzelte die Stirn, während er auf den Verkehr starrte, der vor ihnen lag.

„Alles okay?“, fragte Alice mit einem neugierigen Gesichtsausdruck.

„Ja. Bin immer noch müde von vergangener Nacht“, log er automatisch. Er hatte wunderbar geschlafen. Es war nicht der Schlafmangel, der ihm zu schaffen machte und in ihm das Gefühl erweckte, als würde ihm das Herz aus der Brust gerissen. Vor ihnen zog sich die Straße gerade dahin, als sie endlich die Stadt hinter sich ließen. Alice hatte ihre Kopfhörer hervorgeholt und hörte sich Musik an, ihre Füße unter sich auf dem Sitz zusammengezogen, genau wie auf der

Herfahrt. Und er konnte es sich nicht verkneifen, ab und zu zu ihr hinüberzusehen, während sie die Straße entlangfuhren. Warum fühlte sich das jetzt so anders an? Vor drei Tagen hatten sie genau den gleichen Weg zurückgelegt. Sie hatte auf dem gleichen Platz gesessen, die Füße unter sich, genau wie jetzt, und hatte mit diesem versonnenen Gesichtsausdruck Musik gehört. Woran lag es, dass er damals so sorglos gewesen war, und dass er jetzt das Gefühl hatte, er würde explodieren, wenn er nichts zu ihr sagte?

Er konnte das nicht tun. Sein Herz klopfte, und er wusste nicht genau, was er eigentlich vorhatte, aber plötzlich fuhr er abrupt an die Seite, die Steine flogen unter den Reifen dahin, als er auf die Bremse stieg. Alice blickte auf, etwas überrascht von diesem plötzlichen Halt, und blickte sich aufmerksam um, was wohl diesen ruckartigen Stopp verursacht hatte.

„Alles okay, Daniel? Warum halten wir?"

„Kommst du mit mir mit?" Seine Gedanken rasten wie wild durch seinen Kopf, schneller als er ihnen folgen konnte. Sie waren nahe an der Küste, das hier war ein Aussichtspunkt, wie ihm auffiel, als er ein großes Schild mit einer Kamera sah, vor dem er das Auto geparkt hatte. Das bedeutete, dass sie nahe am Ozean waren. Gut. Irgendwie hatte er das Gefühl, dass er für das, was er nun tun wollte, den Ozean brauchte. Er stieg aus dem Auto, Alice folgte ihm mit einem ausgesprochen fragenden Ausdruck im Gesicht – und auch einer gewissen Anspannung. Nun, gut. Auch er war ziemlich angespannt. Es war gut, dass er damit nicht alleine war.

Er ging in Richtung der Sanddünen, und sie folgte ihm und rief ihm Fragen zu. Er ging weiter durch die Dünen. Sie waren ein bisschen wie diejenigen zu Hause, ganz bewachsen, und er erschreckte Möwen und andere Vögel, die ihn vorwurfsvoll mit ihren Knopfaugen anblinzelten, als würden sie sich fragen, was er da in ihrem Reich zu suchen hatte. Endlich erreichte er eine Stelle, von der aus er den Ozean sehen konnte, und er wandte sich zu Alice, die hinter ihm war, mittlerweile eher verärgert denn neugierig.

„Wenn du dir die Beine etwas vertreten willst, hättest du das auch einfach sagen können", sagte sie vorwurfsvoll. „Was ist los?"

„Ich wollte mit dir reden, bevor wir wieder zu Hause sind", sagte er und spürte, wie eine Spannung von ihm fiel, als er sie ansah. Das hier war

Alice. Eine Frau, die er seit Jahrzehnten kannte. Die Frau, die er in den letzten paar Tagen viel besser kennengelernt hatte. Sie hatten sich unterhalten, hatten gelacht, sie hatten getanzt … mein Gott, sie hatten sogar Seite an Seite gekämpft. Wieso hatte er solche Angst gehabt, mit ihr zu sprechen? „Über … dieses Wochenende. Über all das, was zwischen uns passiert ist."

Sie sah reserviert aus. „Es ist okay. Wirklich, es … es braucht nichts zu bedeuten, wenn du das nicht willst.

Er presste die Zähne zusammen. „Alice … es bedeutet alles."

Sie starrte ihn sprachlos an. Er redete weiter, bevor ihn der Mut verließ, und verhaspelte sich beinahe. Aber er wollte das hier richtig machen, sie wissen lassen, was sie ihm bedeutete. Nur einmal, er würde es nur einmal sagen. Und dann würde sie welche Entscheidung auch immer treffen, wie sie von dort weitermachen würden. Aber er würde es sich nie verzeihen, wenn er es nicht zumindest versuchte.

„Mit dir zusammen zu sein … es hat irgendetwas in mir ausgelöst. Ich wusste noch nicht einmal, dass ich in der Lage war, so etwas zu empfinden, was ich dir gegenüber empfinde. Ich liebe die Menschen, Alice", sagte er aufrichtig und lächelte reumütig. „Aber ich habe das hier noch nie für jemanden empfunden. Du … du bist wunderbar. Du bist superschlau, du bist gütig, du bist clever, du bist mutig – mein Gott, du bist so mutig …"

„Bin ich nicht", erwiderte sie leise und trat näher an ihn heran, und er konnte sein eigenes Zögern und seine Sorge sehen, wie sie sich in ihrem wunderschönen Gesicht spiegelten. „Wenn ich mutig wäre, dann hätte ich … dann hätte ich das, was zwischen uns passiert ist, nicht als One-Night-Stand abgetan." Sie nahm seine Hand in die ihre. Er schluckte hörbar, und sein Herz klopfte.

„Das kann es sein", entgegnete er leise und suchte ihr Gesicht nach einer Reaktion ab. „Wenn du das möchtest … Alice, sag nur ein Wort, und ich werde das, was zwischen uns passiert ist, nie wieder erwähnen. Aber ich glaube … ich glaube wirklich …" Komm schon, du Feigling, dachte er verärgert. „Alice, ich glaube, dass du meine Seelengefährtin bist. Ich weiß, das ist lächerlich, und wenn es wahr sein sollte, dann bin ich dumm wie Brot, dass ich das nicht schon früher bemerkt habe, in all den Jahrzehnten, in denen wir uns kennen, aber …"

Aber sie lachte ausgelassen und plötzlich lag sie in seinen Armen und bedeckte sein Gesicht mit Küssen, das sie zu sich herunter gezogen hatte. „Daniel … ich habe genau das Gleiche gedacht!"

„Hast du?"

„Ich meine, um genau zu sein, habe ich mich davon abgehalten, es zu denken", sagte sie atemlos und ihre Augen funkelten. „Aber … aber es ist das einzig Logische. Was ich fühle, wenn wir zusammen sind, was du mit mir machst, wie ich an dich denke, ich … ja. Ja. Du bist mein Seelengefährte. Es ist die einzig logische Erklärung."

Er konnte es nicht glauben. Er hatte den Eindruck, sein Gesicht würde entzweibrechen, so breit grinste er. „Im Ernst? Und du … du hast es auch nicht bemerkt? Die ganze Zeit über?"

Sie räusperte sich und blickte nach unten. „Also. Ich meine … ich war möglicherweise …"

„Warst möglicherweise was?"

„War ein bisschen in dich verknallt", sagte sie und sah äußerst verlegen aus.

Er starrte sie an und war völlig fassungslos. „Im Ernst?"

„Du hast es nicht gemerkt?" Sie legte fragend den Kopf schief. „Ich dachte, ein geselliger Mann wie du würde das gleich merken. Hast du dich nie gefragt, warum ich in deiner Gegenwart immer so still war?"

„Ich dachte, du seist einfach ein stiller Typ!" Er war außer sich. „Du meinst, du … du hast das gespürt, du wusstest das … wie lange? Wie viel Zeit haben wir vergeudet?"

Sie lachte. „Ich dachte, es wäre nur eine dumme Schwärmerei! Wenn du vielleicht länger als ein paar Minuten mit mir geredet hättest, hättest du es auch gemerkt …"

„Es ist mir egal", erwiderte er, zog sie in seine Arme und hielt sie fest. Er hatte das Gefühl, als würde er schweben. „Du gehörst jetzt mir. Und ich dir." Er lehnte sich etwas zurück und sah zu ihr hinunter. „Richtig?"

„Richtig." Sie sah ihn nachdenklich an … Und der Ausdruck in ihren Augen erinnerte ihn ziemlich an die Nacht, die sie gemeinsam verbracht hatten. Die unersättliche Art, wie sie ihn wieder und wieder in ihre Arme gezogen hatte … Er spürte bereits, wie sein Körper reagierte, spürte, wie sein Atem schneller ging, und war sich deutlich bewusst, wo ihre Beine die seinen berührten. Und als könnte sie seine Gedanken lesen, rieb sie sich leicht an ihm, und diese Berührung sandte eine Welle der Lust über seinen Rücken. „Hast du unsere Koffer auf den Rücksitz getan oder in den Kofferraum?“

Er starrte sie an, völlig verwirrt von dieser abrupten, völlig aus dem Zusammenhang gerissenen Frage. Bis ihm klar wurde, was genau sie meinte. Sie verließen die Dünen Hand in Hand und kehrten halb gehend, halb laufend zum Auto zurück. Er ließ den Motor rasch an und fuhr den Wagen von der Straße. Da gab es eine Baumgruppe, die hoch genug war, um sie vor der Straße zu verbergen. Und beinahe bevor er den Motor wieder ausschalten konnte, war sie auf ihn gesprungen. Vorbei war die Zögerlichkeit ihrer ersten Berührung, die vorsichtige Art wie sie ihn gestreichelt hatte. Jetzt wusste sie genau, was sie wollte, und mit beängstigender Zielstrebigkeit zerrte sie an den Knöpfen seines Hemdes. Um nicht hinterher zu sein, zog er auch ihr das T-Shirt über den Kopf und musste lachen, als sie wütend knurrte, als es sich in ihren Armen verfing. Dann war sie auf seinem Schoß und küsste ihn wieder … und beide zuckten sie erschrocken zusammen, als sie durch eine unvernünftige Bewegung die Hupe betätigten.

„Rücksitz?“, schlug er vor, und seine Stimme war bereits heiser und sein Atem ging schwer. Meine Güte, wie schaffte sie das nur? Früher war er mal cool gewesen. Aber diese Frau schaffte es, ihn mit einer einzigen Berührung in einen nervösen Teenager zu verwandeln.

Sie kletterten irgendwie auf den Rücksitz, immer noch ineinander verkeilt. Und dort hatten sie viel mehr Platz (außerdem bestand nicht die Gefahr, Zaungäste anzulocken, indem sie versehentlich auf die Hupe drückten). Alice war überall und offenbar entschlossen, ihm die Kleidung vom Leib zu reißen, bevor er sich an ihre machen konnte. Und da ihn die Sitze etwas einengten, hatte er nur wenig Bewegungsfreiheit. Also fügte er sich seinem Schicksal und zitterte leicht, als die kühle Luft über seine nackte Haut strich. Sie grinste zufrieden auf ihn hinunter, während sie auf dem Sitz auf ihm kniete. Und dann, bevor er protestieren konnte, dass sie noch ihre Unterwäsche trug, küsste sie ihn erneut. Und ihre Hände wanderten nach unten, dorthin, wo seine Männlichkeit sehnsüchtig auf ihre Berührung warteten.

Er stöhnte, als sie ihn endlich berührte, warf den Kopf zurück gegen die Lehne und gab sich völlig ihren geschickten Händen und der Hitze ihres Körpers, der sich an seinen drückte, hin. Sie wärmte ihn gegen die kühle Meeresbrise, die durch das halb geöffnete Fenster des Trucks wehte. Er achtete darauf, nicht zu laut zu sein, denn obwohl sie an einer so einsamen Stelle parkten, so wollte er es doch nicht riskieren, die Aufmerksamkeit von Spaziergängern auf sich zu lenken. Nicht jetzt … nicht, wenn seine einzige Absicht war, sich mit dieser wunderschönen Frau, die auf ihm kniete, Zeit zu nehmen.

Er streckte eine Hand aus, um ihre Seite zu streicheln, und lächelte ein wenig, als ihr Körper bei seiner Berührung erbebte und zitterte. Behutsam fuhr er mit den Fingern ihren Rücken entlang und dann nach vorne, um ihre Brüste über dem BH, den sie noch trug, zu streicheln. Sie zitterte ungeduldig und drückte ihren Rücken durch, um ihn zu ermutigen, sie noch mehr zu berühren. Er lächelte, griff nach hinten und öffnete ihren BH mit einer Hand, sodass er auf den Boden des Autos fiel. Sie hob eine Augenbraue, zweifellos beeindruckt.

„Während meiner wilden Jugend hab ich ein paar Tricks gelernt", sagte er grinsend.

„Das sehe ich", erwiderte sie trocken und beugte den Kopf nach unten, um ihn zu küssen, während er weiterhin ihren Körper streichelte. Er merkte, wie ihr Atem schneller ging, spürte ihren Herzschlag durch ihre weiche Haut. Es war unglaublich erregend zu sehen, dass sie auf seine Berührungen genauso reagierte wie er auf ihre. Ungeduldig wanderten seine Hände weiter nach unten, erforschten die Wölbung ihrer Hüften und spielten erneut mit dem Bund ihres Höschens. Sie atmete heftig und stützte sich mit einer Hand ans Autodach, damit sie die Balance behielt, während sie auf ihm saß. Er zog ihr Höschen nach unten und hielt einen Moment lang inne, um sie im Morgenlicht zu betrachten. Während ihrer ersten Nacht, so schön sie auch gewesen war, hatte er nicht genügend Licht gehabt, um sie ausgiebig zu bewundern. Sie starrte ihn an, und auf ihren Wangen zeichnete sich eine leichte Röte ab. War das Erregung oder Schüchternheit? Eine Mischung aus beidem, stellte er fest, als sie erneut den Kopf zu ihm herunterbeugte und ihn küsste.

Er zog sie nahe zu sich und bahnte sich küssend einen Weg nach unten, bis er an ihren Hüftknochen knabberte. Er genoss ihr leises Stöhnen, als sich seine Hände langsam näher und näher in Richtung ihres Geschlechts bewegten. Dann, unfähig ihr noch länger zu widerstehen, vergrub er sein Gesicht zwischen ihren Beinen. Er wurde durch ein ersticktes, lustvolles Keuchen belohnt, das sie ausstieß, als seine Lippen und seine Zunge sich daranmachten, sie zu erkunden, und jedem Nervenende, das er berührte, ekstatische Empfindungen entlockte. Er verlor sich in ihr, und seine Hände gaben ihr Halt, während er ihren Geschmack kostete, den Duft ihres Körpers einatmete und die Hitze ihres Geschlechts an seinem Gesicht spürte, während er sie langsam aber sicher an den Rand der Ekstase brachte. Sie hatte ihre Hände in seinen Haaren vergraben und drängte ihn tiefer, lenkte seinen Mund, um ihr mehr und mehr Lust zu verschaffen. Eine Führung, der er sich mehr als gerne hingab. Und als sie keuchte und sich wand, offensichtlich ganz kurz vor ihrem Orgasmus, zog er sich zurück, denn sein eigener Körper sehnte sich verzweifelt nach mehr.

Sie sah ihm in die Augen, bebte und rang nach Luft, als sie versuchte, wieder klar zu sehen. Ihre Augen waren vor Lust verhangen, ihre Haare durcheinander, ihre Lippen dunkelrot und leicht geöffnet, und in diesem Augenblick war sie das Schönste, das er je gesehen hatte. Und sie war die seine, dachte er benommen und starrte sie einfach nur an, zu gefesselt, um sich zu bewegen. Sie empfand das Gleiche für ihn wie er für sie … sie wollte ihn, sie wollte, dass er ihr Gefährte wurde, wollte das hier für den Rest ihres Lebens mit ihm machen …

„Was?“, fragte sie ungeduldig und war seinen sprunghaften Gedanken offenbar nicht gefolgt – ihre Aufmerksamkeit war auf wichtigere Dinge gerichtet. „Warum hast du aufgehört?“

„Um dich zu ärgern“, erwiderte er nur, und der Ausdruck von größter Empörung auf ihrem Gesicht brachte ihn zum Lachen. Aber sofort waren ihre Hände auf seinen Schultern und drückten ihn fest gegen den Autositz. Dann setzte sie sich auf ihn … und ihm stockte der Atem und seine Augen rollten nach hinten, als ihr Körper seine pulsierende Männlichkeit umschloss. Das hier war eine neue Position, eine, die sie in der anderen Nacht nicht hatten ausprobieren können. Er stützte seinen Rücken gegen den Rücksitz des Autos und lächelte, als sie die Hände um den Beifahrersitz legte, um sich ebenfalls abzustützen. Dann bewegte sie ihre Hüften, und er unterdrückte einen Schrei – diese Position war unglaublich. Er verlagerte seine Hüften und die Muskeln in seinen Beinen spannten sich an, als er sich bemühte, den perfekten Winkel zu finden, um in sie hineinzustoßen. Sie glichen ihre Rhythmen einander an und fanden einen, der ihnen beiden zusagte. Und es dauerte nicht lange, bis er spürte, wie die unbestreitbare Kraft seines Orgasmus auf ihn zurollte. Sie war auch nicht weit von ihrem entfernt. Er hörte sie heftig atmen und sah, wie sich über ihre Augen wieder dieser ihm wohlbekannte Ausdruck legte. Aber sie sah ihn direkt an, und ein herausforderndes Flackern huschte über ihr Gesicht.

„Du zuerst“, forderte sie ihn heraus. Er grinste, denn er wusste genau, wenn es sich um eine Herausforderung handelte.

„Auf keinen Fall“, keuchte er, holte tief Luft und konzentrierte sich darauf, sich zu beherrschen. Sie stöhnte und keuchte, wiegte sich gegen ihn und fluchte heftig atmend, während sie versuchte, das Gleiche zu tun. Aber er wusste, was er tat. Er verlagerte seine Hüften und stieß nun so in sie hinein, dass er eine empfindliche Stelle berührte. Und er lächelte triumphierend, als er spürte, wie sich ihr Körper verkrampfte und ein nicht zu leugnender Orgasmus über sie hinwegfegte. Und genau zum richtigen Zeitpunkt, denn er war direkt hinter ihr, und sein Blick wurde verschwommen, als der Orgasmus ihn durchfuhr.

Sie ließ sich neben ihn fallen, völlig verausgabt, und sie beide atmeten schwer. Das entfernte Rauschen des Ozeans und das Kreischen der Meeresvögel durchzogen die angenehme Stille zwischen ihnen, und er streckte sich und küsste ihre verschwitzten, verknäuelten Haare.

„Ich hab’ gewonnen“, flüsterte er ihr ins Ohr und musste innerlich grinsen, als sie knurrte und ihn sanft in den Arm boxte.

„Diesmal, vielleicht.“

Daniel lachte und umarmte sie fest. Sie lagen lange Zeit einfach so da, gelöst und zufrieden … irgendwie machte ihm die Tatsache, dass sie später als geplant zu Hause sein würden, nicht im Geringsten was aus.

Kapitel 13 – Alice

Es war bereits später Nachmittag, als sie ihn ihr Dorf bogen. Es war insgesamt eine ziemlich tolle Autofahrt gewesen … Alice spüre einen leichten Stich, als Daniel das Auto auf die wohlbekannte Einfahrt zu ihrem Haus fuhr. Wie konnte alles hier genauso aussehen wie an dem Tag, an dem sie weggefahren war? Wie konnte ihr Haus noch das Gleiche sein, wenn an nur einem einzigen kurzen Wochenende ihr ganzes Leben umgekrempelt worden war? Sie blickte zu Daniel hinüber, der, seinem Ausdruck nach zu urteilen, etwas Ähnliches dachte.

„Es ist komisch, wieder zurück zu sein", sagte sie leise und deutete auf das friedliche kleine Dorf, in das sie gefahren waren. Er lächelte sein unwiderstehliches Lächeln. Dieses Lächeln, das sich so mühelos auf seinem Gesicht zeigte, als wäre es stets bereit hervorzukommen und würde nur darauf warten, gezeigt zu werden. Sie hatte das Gefühl, als könnte sie den Rest ihres Lebens einfach nur dieses Lächeln betrachten.

„Weil alles so anders ist, nicht wahr?"

„Genau." Sie seufzte. „Mein Haus wird mir so leer vorkommen."

„Vielleicht." Er neigte den Kopf. „Ich meine, ich habe nichts vor. Wenn du Gesellschaft haben möchtest …"

Also gingen sie zusammen rein und Daniel bestand darauf, ihren Koffer zu tragen, trotz ihrer Proteste. Ihr Haus war ein bisschen unaufgeräumter, als es ihr lieb gewesen wäre, aber Daniel versicherte, dass ihm das nichts ausmachte … Sie rumorte in der Küche herum und machte einen Tee und schämte sich etwas, dass sie sich nicht die Mühe gemacht hatte, das Geschirr zu waschen, bevor sie weggefahren war.

Aber es war ja nicht so gewesen, dass sie erwartet hätte, bei ihrer Rückkehr Besuch zu bekommen, nicht wahr?

„Oh, Mist, da fällt mir ein, dass James heute Abend zum Essen vorbeikommt.“

Daniel sah sie an, und ein leicht besorgter Ausdruck huschte über sein Gesicht. „Ah ja?“

„Ja.“ Sie zögerte und hatte den Tee angesichts einer Frage, die sie sehr lange zurückgestellt hatte, ganz vergessen. Und zwar, um ehrlich zu sein, seit ihr zum ersten Mal klar geworden war, dass sie in Daniel verknallt war. Er war der beste Freund ihres Bruders. Wie würde er auf das hier reagieren? Sollten sie es ihm gleich sagen? Was würde er darauf erwidern? Wäre er sauer auf sie, dass sie ihm seinen besten Freund weggenommen hatte? Oder wäre er auf Daniel sauer, dass er seiner Schwester Avancen gemacht hatte? Oder beides? Oder nichts von alledem? Vor ein paar Jahren hätte sie genau gewusst, wie er reagieren würde, da hatten sie sich so nahegestanden. Aber seit er mit Julia zusammen war, hatte er sich so rasch verändert, dass sie damit kaum Schritt halten konnte. Er war nun ein Vater, ein Familienmensch … er hatte sich niedergelassen, sich mit seiner Seelengefährtin verbunden. Vielleicht dachte er jetzt etwas anders über eine neue Liebe … oder?

Aber Daniel sah nicht wirklich überzeugt aus. „Vielleicht solltest du es ihm allein sagen. Ihm irgendwie … den Wind aus den Segeln nehmen.“

„Ich habe genau das Gleiche gedacht, außer, dass du derjenige sein solltest, der es ihm sagt. Du bist sein bester Freund; er wird es von dir besser aufnehmen.“

„Du bist seine Schwester! Du kennst ihn länger als ich …“

„Und du kennst ihn besser, wette ich“, zog sie ihn auf, abwechselnd amüsiert und besorgt. Das war eine ziemlich absurde Situation. „Sollten wir es ihm überhaupt sagen?“

„Ja“, erwiderte Daniel nur. „Ich glaube nicht, dass ich es vor ihm verbergen könnte, selbst wenn ich es versuchen würde.“

„Du hast recht“, gab sie zu und ein Gefühl der Wärme durchströmte ihre Brust bei der Art, wie er sie anlächelte. Sie hatte dieses Lächeln vor diesem Wochenende noch nie gesehen … jetzt musste sie ihn nur von der Seite ansehen und schon betrachtete er sie mit diesem sanften

Ausdruck. Es war wunderbar. „Er muss es wissen. Vielleicht freut er sich sogar für uns. Da sind schon seltsamere Dinge passiert."

„Das ist mir egal", versicherte Daniel ihr mit einem ernsten Ausdruck in den Augen. „Wenn es dazu kommen sollte, mich zwischen ihm und dir zu entscheiden … wähle ich dich. Nur, damit du es weißt."

Sie biss sich auf die Lippe. „Ich hoffe, dass es nicht so weit kommt, Daniel. Er ist mein Bruder. Ich kann ihn … nicht einfach so aus meinem Leben verbannen, wenn er das mit uns nicht gutheißt."

Sie wurden durch ein Klopfen an der Tür unterbrochen. Beide rissen die Augen auf. „Mist. Es ist später, als ich dachte."

Wenn James überrascht gewesen sein sollte, Daniel zu sehen, so ließ er es sich nicht anmerken. Er umarmte Alice auf seine typische ungestüme Art, und sie wand sich gereizt in seiner Umklammerung, wie sie es immer tat, aber insgeheim freute sie sich über seine Zuneigung. Er umarmte auch Daniel mit einem breiten Grinsen im Gesicht, als er seinem Freund auf die Schulter schlug.

„Ich will absolut alles darüber hören, wie ihr zwei gefeiert habt", sagte er entschlossen, und seine Augen funkelten. „Aber zuerst das Geschäftliche. Wie war die Konferenz?"

„Sie war toll", erwiderte Daniel und warf Alice einen Blick zu. „Wirklich, wirklich gut. Wir haben eine Menge gelernt, haben viele tolle neue Leute kennengelernt … Ich habe tausende neuer Ideen, wie ich diesen Ort besser vermarkten kann. Und wir haben praktisch alle Flyer verteilt, also würde es mich nicht überraschen, wenn unsere Buchungen in den nächsten Wochen durch die Decke gehen. Lachlan hat die neuen Hütten auf die Website gesetzt, richtig?"

James nickte. „Letzte Woche."

„Gut", erwiderte Daniel zufrieden. Er blickte zu Alice … und sie holte tief Luft. Lieber jetzt als später.

„Hey, ich wollte … ich wollte dir was sagen", hob sie an, hatte aber keinen blassen Schimmer, wie sie überhaupt mit dem Thema beginnen sollte. Daniel an ihrer Seite zu haben verlieh ihr jedoch Mut. „Da ist was ziemlich Verrücktes passiert, während wir weg waren."

„Wusste ich's doch", rief James aus, und sein Blick wanderte zu Daniel. „Erzähl mir alles über jede einzelne Party."

„Nein, das war's nicht", erwiderte Daniel und sah etwas zerknirscht aus. „Wir …"

„Wir sind Seelengefährten", rief Alice aus, da es ihr zu blöd geworden war, zu überlegen, wie sie es am besten sagen sollte. James blinzelte sie an. Sie kannte diesen Ausdruck sehr gut. Ihr Bruder hatte das, was sie gesagt hatte, nicht wirklich gehört. Besser gesagt, er hatte es gehört, aber er hatte nicht zugehört. Er verarbeitete es nicht. „Ich und Daniel", fügte sie geduldig hinzu und wartete darauf, bis es bei ihm angekommen war. „Wir …"

„Nee", entgegnete James ausdruckslos und sah mit einem amüsierten Ausdruck im Gesicht abwechselnd zu ihr und zu ihm. „Da müsst ihr euch schon mehr anstrengen, wenn ihr mich reinlegen wollt. Echt jetzt?" Er sah nun Daniel breit grinsend an. „Ihr hatte die ganze Autofahrt zurück Zeit, um das hier auszuhecken, und das war das Beste, das euch eingefallen ist? Ich bin echt enttäuscht, Mann. Ich dachte mir schon, dass du mich nach diesem Streich, den Emerson und ich dir während unserer Zeit auf Achse gespielt hatten, irgendwann mal reinlegen willst, aber …"

„Es ist kein Witz", sagte Daniel leise und nahm Alice' Hand in die seine. Sie drückte sie fest, dankbar für die Unterstützung. Sie hatte gar nicht gemerkt, wie sehr sie sie gebraucht hatte. „Wir haben es herausgefunden, während wir weg waren. Es hat einfach … klick gemacht."

James starrte sie beide abwechselnd an, und sie sah, dass er sich trotzig anstellen würde. Auf seinem Gesicht lag immer noch dieses Grinsen, als würde er immer noch denken, das sei ein Witz. „Im Ernst. Das ist nicht witzig."

„Es soll auch nicht witzig sein", sagte Alice. Langsam verlor sie die Geduld, trotz ihrer Entschlossenheit, dieses Gespräch vorsichtig anzugehen. „Es stimmt. Wir – er und ich – wir sind Seelengefährten. Du weißt doch sicherlich, wie das ist, wenn man es plötzlich merkt."

Langsam verblasste das Grinsen, ein sicheres Zeichen dafür, dass er sie beide langsam ernst nahm. Aber Alice gefiel der Gesichtsausdruck, der sich nun langsam zeigte, nicht besonders. „Auf keinen Fall. Ihr zwei kennt euch doch schon seit … Jahren. Jahrzehnten."

„Und ich war seit Jahrzehnten in ihn verknallt", sagte Alice. Daniel blickte sie von der Seite an.

„Im Ernst? Das hast du aber gut versteckt …"

„Mach dich nicht lächerlich", sagte James mit zusammengekniffenen Augen. „Wenn ihr Seelengefährten wärt, dann hättet ihr das schon vor Ewigkeiten herausgefunden …"

„Oh, wie du und Julia?", fragte Alice herausfordernd und hob eine Augenbraue. „So wie ihr beide es sofort bei eurer ersten Begegnung gewusst habt? Hab' ich's nur geträumt oder hattet ihr einen One-Night-Stand, dann bist du drei Jahre lang verschwunden, dann seid ihr euch zufällig wieder begegnet und habt gemerkt, dass ihr Seelengefährten seid?"

„Das war was anderes", erwiderte James mit zusammengebissenen Zähnen. „Julia ist ein Mensch. Sie haben diese Vorstellung mit Seelengefährten nicht. Und ich … ich hatte nie daran geglaubt, ich … aber trotzdem wusste ich's irgendwie, hatte irgendwie so ein Gefühl. Ihr zwei … wenn ihr wirklich Seelengefährten wärt, dann hättet ihr es gespürt." Plötzlich wurde ihm etwas klar, und sein Gesicht verzog sich leicht bei dem Gedanken daran. „Igitt, bedeutet das etwa, dass ihr zwei …"

„Das geht dich nichts an", fuhr ihn Alice an und wurde wütend. Daniel drückte ihre Hand erneut und sie holte tief Luft und versuchte sich zu beruhigen, um James nicht gleich aus ihrem Haus zu werfen. Aber er hatte nicht zu ihr gesprochen, er starrte Daniel an, und seine Gedanken rasten offensichtlich.

„Das ist ein Witz, oder? Sie ist doch nur als deine Pseudo-Partnerin mitgekommen. Sie ist meine Schwester, Mann. Sie ist nicht … sie ist doch gar nicht dein Typ", sagte er und warf die Hände in die Luft. „Muss ich dir das etwa erklären? Das ist doch der Wahnsinn. Sie ist die schüchternste Person der Welt. Sie kann überhaupt nicht mit Leuten umgehen. Das Einzige, was sie tun will, ist, irgendwo drinnen zu lesen. Du bist so extrovertiert, dass du sogar im Schlaf mit Leuten plauderst. Wie soll das jemals zwischen euch funktionieren? Du bist noch nicht mal der Typ, der sich niederlassen will! Ist das der Grund, warum es an diesem Wochenende so lange gedauert hat, bis du meine Nachrichten beantwortet hast?" Auf seinem Gesicht zeichnete sich echte Wut ab. Er wurde in der Regel nur langsam wütend, ihr Bruder, aber wenn er es einmal war, dann war es schwierig, ihn wieder zu beruhigen. „Ich dachte, du hättest gefeiert, aber das hier ist schlimmer. Du hast mit meiner Schwester Spielchen gespielt. Ich dachte, du wärst besser als das …"

„Das ist doch zum Kotzen“, rief Alice wütend aus. „Ich stehe hier vor dir. Ich bin doch nicht dein Eigentum, über das du dich streiten kannst. Er hat mich nicht … reingelegt, oder was auch immer ihr Abscheuliches gemacht habt, um Frauen ins Bett zu kriegen“, knurrte sie. „Er hat mit mir geredet. Wir haben einander kennengelernt. Je mehr Zeit wir miteinander verbracht haben, desto mehr haben wir gemerkt, wie gut wir zusammenpassen. Früher habe ich kaum die Möglichkeit gehabt, mit ihm zu reden, denn er war immer *dein* bester Freund, nicht meiner. Hast du eine Ahnung davon, wie einsam es hier für mich war? Ich bin dir zuliebe hierhergekommen, bin dir zuliebe hierhergezogen. Aber du hattest ja schon deine kleine Freundesclique, und nun hast du Julia und Riley. Du siehst mich selten, sprichst mittlerweile kaum noch mit mir. Und nun ist das hier passiert – und willst dich wirklich darüber ärgern, dass ich mich in jemanden verliebt habe?“

James starrte sie an. Daniel auch – die beiden hatten identische entsetzte Gesichtsausdrücke, was sie lustig gefunden hätte, wenn sie nicht so in Rage wäre. Ihr Bruder fuhr sich mit der Hand durch seine Haare, sein Gesicht ausdruckslos. „Bist du dir sicher?“, fragte er sie mit leiser Stimme. „Mit ihm? Er ist … du weißt, wie wir sind. Du weißt, wie Männer sind.“

„Ja“, erwiderte sie mit leiser, aber fester Stimme. „Ich weiß, wie ihr Frauen behandelt habt. Und ich habe mitbekommen, was passiert ist, als du Julia kennengelernt hast, wie du dich verändert hast. Aber du hast dich nicht wegen ihr verändert, James. Der Mann, der du jetzt bist – der Vater, der du bist, der tolle Partner, der du für sie bist? All das war bereits in dir drinnen. Ich wusste, dass es da drinnen war. Du hast einfach nur aufgehört, es zu verstecken. Und wenn du es schafft, so eine Art Mann zu sein … wer zur Hölle bist du, dass du sagen kannst, Daniel wäre es nicht?“

James schwieg eine lange, lange Zeit. Dann wandte er sich abrupt zu Daniel, mit einem leicht geknickten Ausdruck. „Das war ungerecht von mir. Tut mir leid, Mann.“

Daniel zuckte die Achseln. „Sie ist deine Schwester. Ich verstehe, dass du sie beschützen willst. Aber …“ Er deutete auf Alice. „Alice hat es perfekt ausgedrückt. Ich habe viele Jahre damit verbracht, ein wildes Leben zu führen – das haben wir beide. Aber ich will das nicht mehr.“

„Ich …“ James holte tief Luft und fuhr sich mit der Hand wieder und wieder durch die Haare; eine Geste, von der Alice wusste, dass sie bedeutete, dass er hin- und hergerissen war. „Ich glaube, ich brauche einfach etwas Zeit. Okay?“

„Okay“, erwiderte Alice leise. „Ruf mich einfach an, wenn du so weit bist.“

Und dann war er verschwunden und hatte die Eingangstür ein wenig zu fest hinter sich zugeschlagen. Daniel und Alice blickten sich lange an.

„Das hätte deutlich schlimmer laufen können.“

„Da bin ich anderer Meinung“, entgegnete Alice trocken, ließ sich auf einen Stuhl fallen und vergrub das Gesicht in ihren Händen. „Ich habe ihn noch nie so wütend erlebt.“

„Er braucht einfach Zeit“, sagte Daniel leise. „Er war noch nie der Typ, der neue Informationen rasch aufgenommen hat.“

Sie lachte. „Da hast du recht. Ich erinnere mich noch daran, wie ich ihm gezeigt habe, wie das Internet funktioniert. Er hat ein ganzes Jahr gebraucht, um aufzuhören, mit dem Computer zu reden, als wäre er in Star Trek.“ Sie seufzte, die lustige Episode trug nicht wirklich dazu bei, ihre Laune zu heben. „Ich möchte wirklich, dass er damit einverstanden ist, Daniel. Er ist mein Bruder.“

„Das wird er“, versicherte ihr Daniel. „Er braucht nur Zeit.“

Alice holte tief Luft und Sorge machte sich tief in ihr drinnen breit, als sie hörte, wie das Auto ihres Bruders davonfuhr. „Ich hoffe wirklich, dass du recht hast.“

Kapitel 14 – Daniel

Die Sonne war kaum richtig aufgegangen, als Daniel prustend aus dem Ozean stieg, und er zitterte etwas in der klammen Morgenluft und sein Herz schlug heftig nach dem anstrengenden Schwimmen. Seit sie vor zwei Monaten von der Konferenz zurückgekehrt waren, hatte er es sich gegönnt, jeden Morgen bei Tagesanbruch schwimmen zu gehen. Am Anfang war es Alice' Vorschlag gewesen – eine Möglichkeit, ihm zu einem gesünderen Schlafrhythmus zu verhelfen. Schließlich brauchte er seinen alten Nachteulen-Rhythmus nicht mehr, und er fand, je früher er abends ins Bett ging, desto glücklicher war er. Besonderes wenn das bedeutete, dass er vor Alice aufwachte und so ein paar kostbare Augenblicke hatte, in denen er ihr schlafendes Gesicht betrachten konnte, bevor sie sich rührte und wach wurde. Mittlerweile wachte er vor dem Morgengrauen auf, aber er setzte sein morgendliches Schwimmen fort. Es war einfach so gut, seinen Körper so früh am Morgen zu bewegen. James fand, dass es irrsinnig sei, absichtlich so früh aufzustehen – ihm wurde sein Aufwachen vor dem Morgengrauen-Ritual von seinem dreijährigen Sohn aufgezwängt.

Sein Verhältnis zu James war etwas angespannt. Sie waren immer noch Freunde, da war er sich ziemlich sicher. Aber wann immer sie zusammen Zeit verbrachten, gab es stets ein Thema, über das nie gesprochen wurde. Und es wurde immer schwerer, mit seinem besten Freund über etwas zu sprechen, das nicht Alice betraf. Es war, als wäre sie in sehr kurzer Zeit ein ganz wichtiger Teil seines Lebens geworden – es verging kaum eine Stunde, in der er nicht an sie dachte, nicht an etwas

Lustiges oder an etwas Interessantes erinnert wurde, das sie gesagt hatte. Oder er hatte eine Idee für ein Geschenk oder etwas, mit dem er sie überraschen könnte.

Sie waren beinahe unmittelbar zusammengezogen, nachdem sie es kaum eine Woche in ihren jeweiligen Häusern ausgehalten hatten, bis es ihnen klar war, dass sie keine getrennten Wohnungen mehr brauchten. Nach ein paar Gesprächen war also Alice zu ihm gezogen. Sein Haus lag weit weg von der Krankenstation, was ihr wichtig war. Denn sie wollte einen gewissen Abstand, sowohl gedanklich als auch räumlich, von ihrem Arbeitsplatz haben. Besonders nach den Jahren des Burn-outs, die sie dort erlebt hatte. Und es hatte die perfekte Größe für sie beide – beinahe, als hätte er das im Sinn gehabt, als er sein Haus gebaut hatte.

Und, weiß Gott, es war wunderbar, mit ihr zusammenzuleben. Zum ersten Mal in seinem Leben freute er sich darauf, nach Hause zu kommen, und zwar nach Hause zu ihr – oder genauer: dass sie nach Hause zu ihm kam. Es war einfach wunderbar, jemanden zu haben, mit dem man das Haus teilen konnte, morgens aufzustehen und zu wissen, dass da noch jemand war, der einem Gesellschaft leistete, gemeinsam Entscheidungen zu treffen, gemeinsam sein Leben zu planen. Er hatte sich Sorgen gemacht, dass sie seiner müde werden könnte, dass ihre Verliebtheit bald verblassen würde, sobald sie einmal die grellen Lichter von Los Angeles verlassen hatten. Aber er hatte das Gefühl, als würde er sich jeden Tag mehr und mehr in sie verlieben. Mittlerweile kamen ihm die Jahre, die er ohne sie verbracht hatte, wie ein Traum vor. Er konnte immer noch nicht glauben, dass sie so lange vor seiner Nase gestanden hatte, ohne dass er gemerkt hatte, was für ein Juwel sie war.

Vor einer Woche waren sie zusammen geflogen – eine seltene Gelegenheit, dank eines bedeckten Himmels, der dadurch die idealen Bedingungen für einen kurzen Flug bot. Und während sie da oben waren, durch die Wolken tauchten und Spiralen drehten, hatte er ihr eine Frage gestellt. Und die Antwort war ein lautstarkes Ja gewesen.

Drachen hatten traditionellerweise keine Hochzeiten. Sobald man wusste, wer sein Seelengefährte war, war's das. Man hatte keine Feierlichkeiten gebraucht, um jedem zu zeigen, wie ernst es einem war. Welche andere Möglichkeit gab es denn? Aber seit ein paar seiner Freunde sich in Menschen verliebt hatten, war es ein bisschen Mode geworden, eine kleine Party zur Feier des Tages zu veranstalten. Lachlan hatte damit begonnen. Er und seine Partnerin Serena, eine Wölfin, die hauptsächlich unter Menschen aufgewachsen war, hatten in der Dorfmitte eine kleine Zeremonie abgehalten. Als Bryce dann Jasmine kennengelernt hatte – eine menschliche Frau, die fast ihr ganzes Leben lang von einer Hochzeit geträumt hatte –, hatte es eine sogar noch größere Zeremonie gegeben. James und Julia hatten es ihnen mit einer Vermählungsfeier gleichgetan. Und wenngleich jeder im Ort von Alice und Daniel wussten, hatte ein Teil von ihm den Eindruck, dass sie erst dann offizielle Partner sein würden, wenn sie das formell gefeiert hätten.

Und Alice war, zu seiner größten Freude, von der Idee begeistert gewesen. Sie und die anderen Frauen auf der Halbinsel hatten sogleich eine Hochzeitsgesellschaft gegründet. Daniel, nach ein paar diskreten Recherchen darüber, was das eigentlich bedeutete, hatte dann ebenfalls seine Trauzeugen zusammengestellt. Er hatte keinen Haupt-Trauzeugen ausgewählt – es kam ihm seltsam vor, einfach einen der Jungs zu ernennen. Wenn er jemanden wählen würde, dann James. Er hatte seinem besten Freund einige Nachrichten über die Hochzeit geschickt, hatte allerdings keine Antwort erhalten.

Aber der restliche Tag würde großartig werden, sagte er entschlossen zu sich selbst, als er in Richtung des Hauses ging. Alice würde nicht da sein, sie hatte die Nacht in einer der Gästehäuser verbracht, zusammen mit ihren Brautjungfern – offenbar eine weitere Tradition. Er durfte sie nicht in ihrem Kleid sehen, weil das sonst Unglück brachte – was auch immer das heißen sollte. Aber das war ihm egal. Wenn es sie glücklich machte … Er konnte es kaum erwarten, vor der gesamten Siedlung seine Liebe zu verkünden. Nicht, dass er in dieser Hinsicht während der vergangenen Monate besonders zurückhaltend gewesen wäre. Harvey hatte ihm, nach der zehnten und äußerst überschwänglichen Geschichte über Daniels Seelengefährtin, ein Limit verhängt. Maximal fünf Erwähnungen pro Stunde. Nun gut, das würde er heute definitiv überschreiten.

Er trug den Anzug, den er an dem ersten Abend der Konferenz getragen hatte. Es kam ihm vor wie eine Ewigkeit, aber Alice hatte es sich gewünscht und gesagt, dass er darin besonders gut aussah. Er kämmte sich ein paarmal die Haare und prüfte sein Aussehen im Spiegel, dann holte er tief Luft. Die Zeremonie sollte um zehn sein, das bedeutete, dass er jetzt zum Saal gehen musste. Sie hatten den Speisesaal für die Zeremonie auserkoren, und nicht wenige Gäste, die auf ihren Verandas saßen, warfen ihm ein paar neugierige Blicke zu, als er den kurzen Weg dorthin ging. Sie waren voll ausgebucht und die Warteliste war mehrere Monate lang. Ein weiterer positiver Effekt des Wochenendes mit Alice in Los Angeles.

Ihm fiel die Kinnlade runter, als er im Speisesaal ankam. Man hatte aus dem schlichten, rustikalen Saal aus Holz, in dem das Essen serviert wurde, einen eleganten Raum gemacht, die mit Blumen geschmückt war. Weiße Tücher waren über die niedrigen Bänke gelegt worden, die normalerweise an den Tischen standen, und am Kopfende des Saals gab es eine erhöhte Bühne, die offenbar für die Zeremonie vorgesehen war. Zum ersten Mal war er leicht nervös. Das hier sah ziemlich ernsthaft aus.

Lachlan wachte über die Vorbereitungen. Als der Erste unter ihnen, der seine Seelengefährtin gefunden hatte, war es ihm übertragen worden, die die nachfolgenden Zeremonien anzuleiten. Und obwohl es dabei, anders als bei menschlichen Hochzeiten, keine rechtlichen Komponenten gab, so strahlte Lachlan doch etwas sehr Offizielles aus, bedingt durch seinen Status als Anführer ihrer Siedlung. Es dauerte nicht lange, bis Daniel auf der Bühne war und hinunter in den Saal blickte, wo zahlreiche Mitglieder ihrer Gemeinschaft – und mehrere neugierige Gäste – eintrudelten und sich setzten. Seine Freunde waren da und alle trugen sie aufeinander abgestimmte Anzüge. Harvey und Emerson, die einzigen beiden verbliebenen Junggesellen, grinsten ihn breit von der ersten Reihe aus an. Bryce war da, mit seiner Partnerin Jasmine, die in ihrem tiefblauen Kleid einfach umwerfend aussah. Und Lachlans Partnerin Serena jagte hinter ihrem Wirbelwind von einer Tochter her (sie trug ein weißes Kleidchen und hatte ein Körbchen mit Rosenblüten, die sie werfen sollte; eine Aufgabe, die sie ein wenig zu wörtlich nahm). Er entdeckte Julia in der Menge, ihr Sohn Riley saß auf ihrem Schoß und blickte sich neugierig um, offenbar sehr interessiert an dem, was vor sich ging. Er biss sich auf die Lippe. Wo war James? Sicherlich würde er sich das hier nicht entgehen lassen, egal wie wütend er darüber war, was geschehen war … oder?

Aber James verschwand aus seinen Gedanken, als er sah, wer durch die Tür kam. Es war Alice, aber so hatte er sie noch nie gesehen. Sie trug ein langes weißes Kleid, drapiert mit Spitze, das ihn vage aus den Filmen, die sie gemeinsam angesehen hatten, an ein Brautkleid erinnerte. Ihre

Haare waren hochgesteckt, sodass nur ein paar Locken auf bezaubernde Weise ihr Gesicht umrahmten, auf dem ein strahlendes Lächeln ihre ozeanblauen Augen erhellte. Und das Lächeln galt nicht nur ihm, wie er plötzlich feststellte. Sie hatte ihn so sehr in ihren Bann geschlagen, dass er kaum gesehen hatte, wer neben ihr stand.

Es war James. Er trug einen Anzug passend zu denjenigen der anderen Trauzeugen, und Alice hatte sich bei ihm eingehakt, als sie langsam und feierlich durch den Gang schritten. Daniel war sich bewusst, dass die Leute plötzlich still geworden waren, und es kam ihm vor, als würde von irgendwoher Musik erklingen. Aber er konnte sie kaum hören. Er hatte nur Augen für seine Braut – seine Seelengefährtin – für die Liebe seines Lebens, sein Ein und Alles. Mein Gott, er hätte nicht gedacht, dass sie noch schöner sein konnte, als sie es ohnehin jeden Tag war.

Aber was tat James nun hier? Er führte sie den Gag entlang – bedeutete das etwa …?

„Wir sind heute hier versammelt“, hob Lachlan an – er hatte mittlerweile etwas Übung darin, und Daniel merkte, dass er sich seiner Sache sicher war, „um die Verbindung dieser zwei Seelengefährten zu feiern.“ Er räusperte sich. „Normalerweise sage ich ein paar Worte, aber heute wird diese Ehre jemandem zuteil, der die beiden besser kennt, als ich es jemals könnte. James? Die Bühne gehört dir.“

Alice stand vor ihm. Sie nahm mit einer beruhigenden Geste seine Hände in die seinen, während er zusah, wie James auf die Bühne trat. Dieser wartete, bis es still war, bevor er anfing zu sprechen.

„Ich bin James. Ich kenne Daniel seit Jahrzehnten, und Alice seit … nun, deutlich länger als das.“ Von den Gestaltwandlern im Publikum hörte man amüsiertes Raunen, die die Anspielung wohl verstanden. Drachen, die unendlich alt wurden, waren in der Regel etwas vorsichtig, wenn es darum ging, ihr wahres Alter zu verraten. Die Menschen im Publikum lachten über etwas, das sie für eine absichtliche Übertreibung hielten – es war eine wohl geplante Rede.

„Ich war einer der Ersten, denen Alice und Daniel sagten, dass sie Seelengefährten sind. Ich muss zugeben – ich habe das nicht gerade gut aufgenommen.“ Aus dem Publikum hörte man zustimmendes Lachen und James zuckte reumütig lächelnd mit den Schultern. „Was soll ich sagen? Ich brauche in der Regel etwas länger, um etwas zu kapieren.

Besonders, wenn es sich um etwas Wichtiges handelt. Wie die Liebe. Und nach ein paar sehr weisen Worten von meiner eigenen Seelengefährtin …“, er warf einen Blick in die Runde zu Julia, die ihn anlächelte, „habe ich gemerkt, dass ich mich ziemlich unvernünftig verhalten habe. Diese beiden … sind meine besten Freunde, jeder auf seine eigene Weise. Und ich freue mich riesig, dass sie diese tiefe und ehrliche Liebe füreinander entdeckt haben.“ Er holte tief Luft. „Also, kraft meines Amtes … nun ja, das mir von Lachlan verliehen wurde, wenn ich ehrlich bin … heiße ich diese Seelengefährten willkommen und wünsche ihnen für ihr langes, langes Leben nur das Beste.“

Daniel konnte nicht anders – er umfasste James’ Hals und zog ihn in eine kräftige Umarmung, unendlich erleichtert darüber, dass sein bester Freund endlich seinen Frieden mit ihnen geschlossen hatte. James umarmte ihn ebenfalls lachend, dann wandte er sich Alice zu und umarmte sie. Diese hob die Hand und fuhr ihm liebevoll und behutsam mit einer Hand durch die Haare.

Dann waren sie allein und standen sich auf der Bühne, vor all ihren Freunden und der ganzen Gemeinschaft, gegenüber. Und wenn einer der Menschen denken sollte, dass das eine ungewöhnliche Hochzeit war – nun, da gab es irgendwo in den Weiten Kaliforniens sicher seltsamere Rituale. Aber hier und jetzt war Daniel Kalifornien egal. Alles, was für ihn jetzt zählte, war die Frau, die vor ihm stand, überwältigend schön in ihrem Kleid, und in ihrem Gesicht spiegelte sich die Liebe wider, die er für sie empfand. Er zog sie in seine Arme und küsste sie, als der ganze Saal in einen Applaus ausbrach. Es war so gut, vor all ihren Freunden (und ein paar verwirrten Fremden) zu verkünden, dass sie einander gehörten. Aber letzten Endes wusste er, dass alles, was er brauchte, um glücklich zu sein, Alice war.

Und als er in ihre ozeanblauen Augen blickte, wusste er, dass er für den Rest seines Lebens glücklich sein würde.

ENDE

Über Kayla Wolf

Kayla Wolf ist eine zweifache Mutter, eine obsessive Leserin und steht total auf paranormale Romantik. Sexy Gestaltwandler, starke Frauen, heiße Begegnungen und gefährliche Feinde sind die Dinge, die sie nachts wach liegen lassen. Wann immer sie über diese Dinge nachdenkt, muss sie einfach aufstehen und sofort darüber schreiben ... Komm herein und verwöhn die Bestie in Dir.

Bücher von The Wolf Sisters

Bücher von Kayla Wolf:

„Drachen von Dragon Valley“ Buchreihe

Dragon Valley hält ein Geheimnis, das niemand kennt: Unwiderstehlich sexy und muskulöse Drachen haben das Tal zu ihrem Zuhause gemacht. Ihre Existenz ist jedoch gefährdet. Sie müssen eine Gefährtin finden, sonst könnte ihre Zeit abgelaufen sein. Werden die Drachen ihre Gefährtinnen finden?

„Drachen von Dragon Valley“ ist eine Buchreihe von eigenständigen paranormalen Actiongeschichten mit garantiertem Happy End, also keine Cliffhanger. Die Bücher sind miteinander verbunden durch die Drachen, die im Tal leben.

Prequel: An den Drachen verheiratet

An den Drachen vermittelt

Vom Drachen beschützt

An den Drachen versteigert

Vom Drachen entführt

Die Wachen des Drachen

Vom Drachen beansprucht

Vom Drachen gejagt

Vom Drachen erobert

Mit dem Drachen verkuppelt

Mit dem Drachen gepaart

Vom Drachen unterrichtet

*　　*　　*

„Wasserdrachen der Westküste“ Buchreihe

„Wasserdrachen der Westküste“ ist eine Buchreihe mit paranormalen Liebesgeschichten über ziemlich heiße Drachengestaltwandler, die auf einer Halbinsel leben, auf der es so gut wie alles gibt, außer Frauen. Ein Glück für jede Frau, die sich hierher verirrt.

Die „Wasserdrachen der Westküste“ Buchreihe ist ein Spin-Off der „Drachen von Dragon Valley“ Buchreihe und besteht aus eigenständigen, abgeschlossenen Geschichten mit Happy End, die durch die auf der Halbinsel lebenden Drachen miteinander verbunden sind.

Die Nanny des Drachen

Die Katalogbraut des Drachen

Das geheime Baby des Drachen

Die falsche Verlobte des Drachen

Die Obsession des Drachen

Die Gefährtin des Drachen

*　　*　　*

„Stadt der Drachen“ Buchreihe

Die Stadt der Drachen ist der Ort all deiner Träume. Superheiße Drachen warten an jeder Ecke auf dich, um mit dir den Beton-Dschungel zu erkunden. Bist du bereit, diese Stadt der Fantasie zu betreten, in der dich Gefährten, Magie und mehr erwarten?

„Stadt der Drachen“ ist eine Buchreihe von eigenständigen paranormalen Actiongeschichten mit garantiertem Happy End, also keine Cliffhanger.

Die Bücher sind miteinander verbunden durch die Drachen, die in der Stadt leben.

Drachenkönig

Drachenmacho

Drachenprinz

Drachengefährte

Drachenmilliardär

Drachenmitbewohner

Drachenboss

*　　*　　*

„Drachendaddies der Everglades" Buchreihe

Kennst du das Gefühl, in einen Sumpf gezogen zu werden? Die völlige Ohnmacht, in das hineingezogen zu werden, was auch immer das Schicksal für dich bereithält? Jetzt stell dir vor, der Sumpf wäre voller heißer Männer … Und nicht nur irgendwelcher Männer. Drachen in jeder Größe, Form und Gestalt, die dich aufnehmen und dich zu ihrem Eigentum machen … Ist das nicht ein Sumpf, in den du gerne hineingezogen werden würdet?

Willkommen in der schweren, feuchten Hitze der Everglades...

Drachendaddy

Drachendoktor

Drachenprofessor

*　　*　　*

BÜCHER VON MIA WOLF:

„Wüstenwandler im Doppelpack" Buchreihe

Was wäre, wenn ich dir sagen würde, dass tief in der Wüste ein Ort liegt, von dem alle Frauen träumen? Ein Ort, an dem jede Frau von zwei Männern geliebt wird und wo Kurven als Geschenk der Götter gelten? Würdest du zu Hause bleiben? Oder würdest du mit mir kommen, um dir die Wüstenwandler im Doppelpack anzusehen?

„Wüstenwandler im Doppelpack" ist eine paranormale Ménage-Liebesroman-Reihe. Die Geschichten sind eigenständig mit garantiertem Happy End, also keine Cliffhanger

Meine zwei Alphas

Meine zwei Wölfe

Meine zwei Drachen

Meine zwei Bären

Meine zwei Löwen

Meine zwei Gefährten

Meine zwei Tiger

Meine zwei Biester

* * *

„Wölfe von Wolf Mountain" Buchreihe

Komm mit mir nach Wolf Mountain, einem Dorf mit heißen, ledigen Wölfen, die stark, muskulös und... Single sind. Sie brauchen keine Gefährtin. Sie wollen keine Gefährtin. Bis sie die treffen, für die sie sterben werden, um sie zu schützen...

"Wölfe von Wolf Mountain " ist eine Buchreihe von eigenständigen paranormalen Actiongeschichten mit garantiertem Happy End, also keine Cliffhanger. Die Bücher sind miteinander verbunden durch die Wölfe, die in der Stadt leben.

Der Babyvertrag des Wolfes

Die Zwangsheirat des Wolfes

Die Gefangene des Wolfes

* * *

„In den Höhlen der Bären" Buchreihe

Besuche die Höhlen der Bären, ein geheimnisvolles Dorf, in dem Bärenwandler weit entfernt von Menschen leben. Dieses Dorf, mit seinen Höhlen und Festen beherbergt nicht irgendwelche Bären. Nein, es beherbergt extrem sexy Bären, die nicht leicht zu befriedigen sind, aber die ihre Gefährtinnen ohne Frage mit ihrem Leben schützen werden.

„In den Höhlen der Bären" ist eine Buchreihe von eigenständigen paranormalen Actiongeschichten mit garantiertem Happy End, also keine Cliffhanger. Die Bücher sind miteinander verbunden durch die Bären, die im Dorf leben.

Vom Bären befohlen

Vom Bären begehrt

Vom Bären entführt

Vom Bären beschützt

Printed in Poland
by Amazon Fulfillment
Poland Sp. z o.o., Wrocław

77594410R00078